Gänseschmalz und Rübensirup

Harald Ninnig

Gänseschmalz und Rübensirup

Herstellung: Books on Demand GmbH, Norderstedt
ISBN 3-8330-1137-8

1. Kapitel

Statistisch gesehen habe ich nunmehr achtzig Prozent meiner irdischen Laufbahn bewältigt und so ist es nur verständlich, dass in den wenigen Musestunden meine Gedanken mehr in der Vergangenheit als in der Zukunft weilen. Was sollte die Zukunft auch noch Überraschendes bieten, habe ich doch in den vergangenen sechzig Jahren die Tücken und Winkelzüge des Schicksals am eigenen Leibe verspürt und bin dankbar, dass glückliche Momente besser in der Erinnerung haften. So schweifen die Gedanken oft sehr weit zurück bis in meine früheste Kinderzeit.

Eine meiner ersten Erinnerungen hat mir schlagartig zu Bewusstsein gebracht: „Das Leben hat es nicht immer gut mit dir gemeint". Dabei war es ein besonders schöner Frühlingstag auf einem entzückenden kleinen Bauernhof nahe der Ostsee. Es war kurz nach dem Zweiten Weltkrieg. Dass der helle Sand des Ostseestrandes in unmittelbarer Nähe war, erfuhr ich, damals fast fünfjährig, erst viel später. Denn wenn Onkel, Tante und Oma ihre täglichen Arbeiten verrichtet hatten, ist keinem auch nur annähernd in den Sinn gekommen, den Strand aufzusuchen. Der Tagesablauf war von Kühe, Schweine, Pferde füttern, Stall ausmisten, Melken, Milch zur Meierei fahren und Äcker bestellen, ausgefüllt. Unterbrochen wurde dieser ewig sich wiederholende Ablauf nur durch Essen und Schlafen.

Der Bauernhof lag ziemlich einsam, die nächsten Nachbarn, alles mehr oder weniger Landwirte und Tagelöhner, waren im Umkreis von vielen Kilometern verteilt, und Kontakte wurden nicht gepflegt. Die meisten waren zerstritten. Ich glaube, sie kannten den Grund selbst nicht mehr. Von Oma hat man erfahren: „Mit denen reden wir nicht." Was sie nicht abhielt, sich gegenseitig in Notfällen unter die Arme zu greifen oder beim Abliefern der Milch in der Meierei reihum des anderen Milchkannen mitzunehmen. Natürlich alles ohne Worte. Auch von der unendlichen Schönheit der unverbrauchten Natur, vom Sonnenaufgang mit Tautropfen und Vogelgezwitscher bis zum Sonnenuntergang mit aufziehendem Nebel und unendlicher Ruhe, schien keiner etwas wahrzunehmen.

Der Bauernhof bestand aus einem Wohngebäude ohne Keller mit großer Küche, Wohnstube, zwei kleinen Schlafzimmern und Speisekammer. Die Küche war mit einem Steinboden versehen. In der einen Ecke standen ein riesiger Herd mit umlaufender Stange und Wasserkasten und daneben eine Holzvorratskiste. Diese Holzkiste war im Winter ein angenehmer Sitzplatz. Dort war es warm und duftete angenehm nach Buchenholz, und wenn es schummrig wurde, konnte man an der Zimmerdecke das Spiel des Feuerscheins, das durch die Ritzen der Ofenringe seine ewig wechselnden Figuren nach oben reflektierte, beobachten. Ein riesiger, stabiler Küchentisch mit sechs Stühlen, ein Schrank und ein halbrundes Gusswaschbecken mit einem in Gesichtshöhe hängenden kleinen Spiegel vervollständigten die Küche. Jener Spiegel war unerlässlich für Onkels gelegentliche Rasur. So stand er davor, im Unterhemd, die Hosenträger hingen herab, und er seifte sich hingebungsvoll ein. Während er den Schaum wirken ließ, zog er das Rasiermesser an einem Lederriemen ab und begann dann mit der Rasur.

Da er nicht mehr der Jüngste war und sein Gesicht durch den Russlandfeldzug und die schwere Arbeit doch schon Falten und Schrullen hatte, musste er, wenn er die Oberlippe oder die Wange bearbeitete, manch lustige Grimasse ziehen, um eine Verletzung zu vermeiden. So schabte er munter drauflos und da er einen starken Bartwuchs hatte, kratzte es vernehmlich. Es machte mir immer große Freude, sein Minenspiel zu beobachten, und ich wünschte mir, er würde bei seiner täglichen Arbeit auch so lustig zu Werke gehen, denn im Allgemeinen war er ein sehr ernster Mann. Lachen sah man ihn selten.

Die Tante war eine kräftig wirkende Frau. Ihr sah man an, dass sie es verstand zuzupacken, und die Farbe ihrer Arme und ihres Gesichtes ließ vermuten, dass Arbeit im Freien ihr nicht fremd war. Ihre philosophische Art war zu bewundern. Pannen und Unglücke, bei denen der Durchschnittsbürger vor Verzweiflung die Hände zum Himmel erheben würde, wurden mit einem Achselzucken und einem „Na und" abgetan. Sie hatte niemals irgendwelchen Luxus oder Bequemlichkeit genießen können, aber das machte ihr nichts aus, sie war zufrieden und ausgeglichen. An mir zeigte sie kein großes Interesse. Auf eine abwesende Art war sie freundlich zu mir, aber mehr nicht.

Obwohl elektrischer Strom zur Verfügung stand, hingen die alten Petroleumlampen noch an ihrem angestammten

Platz, um bei nicht selten auftretendem Stromausfall mit altem Glanz ihren Dienst zu verrichten. In der angebauten Waschküche war eine Wasserpumpe. Man hatte einen Pumpenschwengel einige Male zu bewegen und schon hatte man das beste Wasser. Im Sommer war die Körperpflege auf diese Weise eine Freude. Im Winter wurden die Kinder samstags in der Küche in einer Holzwanne geschrubbt. Wo die Erwachsenen sich reinigten, blieb ein Geheimnis, aber es war Arges zu vermuten.

Neben der Küche war die Gute Stube mit einem Plüschsofa, einer Kommode, einem reich verzierten Gussofen mit Warmhaltefach, vor dem Fenster ein Schaukelstuhl für Oma und in der Mitte ein kleiner Tisch mit Häkeldecke. Es war das traurige Los der Guten Stube, äußerst selten mit Leben erfüllt zu werden. An Weihnachten, Ostern oder Familienfesten wurde darin Kaffee oder Tee getrunken, ansonsten fristete sie ein einsames Dasein. Rechts und links der Stube waren je ein Schlafzimmer. In einem schliefen die Großmutter mit zwei Knaben von sechs und acht Jahren, im anderen meine Kleinigkeit mit Onkel und Tante. Großvater war leider viel zu früh verstorben. Meine Eltern waren, um nach dem Krieg eine Existenz aufzubauen, irgendwo weit weg und hatten mich zur Pflege abgegeben. Anfänglich vermisste ich sie sehr, jedoch nach und nach traten sie immer mehr in den Hintergrund und die Großmutter wurde zur Bezugsperson. Zu Onkel und Tante bestand keine besondere Beziehung, außer dass ich nächtens zwischen ihnen im Bett den Besucherritz auszufüllen hatte. Manchmal wurde es peinlich, wenn man beim Vollzug der Ehe den Kleinen schlafend wähnte, und ich nicht wusste, ob ich die Luft anhalten sollte und ersticken oder schnarchen, um tiefen Schlaf vorzutäuschen. Gott sei Dank kam es selten vor und war von kurzer Dauer.

Gegenüber dem Wohngebäude waren die Stallungen für Kühe, Pferde und Schweine. Dazwischen ein großer Hof mit schönem hellen Sand. Am hinteren Ende des Hofes waren eine Scheune, ein Hühnerstall und eine Remise für eine Kutsche, die aber nicht oft zum Einsatz kam. Nur wenn jemand Zahnweh hatte und in die Stadt musste oder in ähnlichen Fällen.

Erwähnenswert ist noch die Toilette. Sie befand sich am Ende der Stallungen. Ein kleines Häuschen mit einer Schwingtür und einem von innen und außen zu bedienenden Holzriegel. Es war ein Plumpsklo, ein Loch in einer hölzernen Sitzfläche mit einem Holzdeckel. Ein Kästchen mit Zeitungspapier stand zur Seite und musste sparsam verwendet werden, da das Bauernorgan nur monatlich erschien. Fliegen sorgten im Sommer für Kurzweil. Als Kind hatte man immer ein ungutes Gefühl, war doch die Öffnung für einen Kinderpopo viel zu groß, und so hatte man sich immer gut fest zu halten, um ja nicht hineinzufallen oder von dem tief unten vermuteten Ungeheuer hinuntergezogen zu werden. An kalten Wintertagen wurde nachts dieser Ort gemieden; bei Minusgraden im Nachthemd den Hof zu überqueren wagte niemand. So zog man es vor, sich des Nachttopfs zu bedienen, der unter jedem Bett stand, was die Luftqualität im Schlafzimmer nicht unbedingt verbesserte.

2. Kapitel

In der Mitte von allem war der große Hof, ein herrlicher Spielplatz. An jenem sonnigen Frühlingstag spielten wir Kinder Blindekuh. Ich hatte die Binde vor den Augen, tappte im Dunkeln; da die Binde dicht und fest war, konnte ich mich nur an Geräuschen und Rufen der Mitspieler orientieren. So lief ich schnell hierhin und dorthin, immer den Rufen nach, um irgendeinen Flüchtigen doch noch zu erhaschen. Als ich plötzlich einen heftigen Schmerz verspürte, einen Feuerball vor den Augen sah und benommen auf den Hosenboden fiel. Die anderen Kinder hatten mich rufend vor eine Hausmauer gelockt und sind zur Seite gesprungen, so dass ich in vollem Lauf gegen die Hauswand rannte. Nun saß ich auf dem Hosenboden und versuchte die Augenbinde zu entfernen, um mir ein Bild zu machen. Die anderen, darunter mein vier Jahre älterer Bruder und ein knapp zwei Jahre älterer Vetter, standen dabei und schienen vor Lachen außer Atem kommen zu wollen. Das war die erste bewusste Konfrontation mit Hinterlist und Gemeinheit. Man hatte billigend in Kauf genommen, dass sich das Opfer die Nase aufschlägt, eine Beule an der Stirn hat und Schmerzen leidet. Was die beiden anderen dazu getrieben hat, ist nicht geklärt worden, war es Arglist oder einfach Neugierde, was wohl passiert, wenn einer in vollem Lauf gegen eine Wand rennt. Großmutter hat die Tränen getrocknet, die Blessuren versorgt und uns mit einem "tz-tz-tz" wieder ins Freie geschickt. Ich bin nunmehr misstrauischer geworden und habe mich abgesondert, um solcherlei schlechten Erlebnissen vorzubeugen. Dieses Misstrauen hat mich ein Leben lang begleitet.

Die Auswahl an Spielkameraden war beileibe nicht sehr groß. Ich konnte mich nicht erinnern, in den letzten Jahren jemals ein fremdes Kind auf dem Hof gesehen zu haben. Lediglich bei dem Besuch der Molkerei hat ein Bauer hin und wieder ein Kind mitgebracht und man beäugte sich misstrauisch aus gebührender Entfernung, und da der Aufenthalt sehr kurz war, kam auch nicht mehr zustande.

Aber ich wusste mich sehr gut alleine zu beschäftigen. Meine Spiele waren fantasievoll und ich lernte sehr gut zu beobachten. Langeweile gab es nie. Schon die Vielzahl an Haustieren sorgte für Beschäftigung und Freude. Der Tagesablauf war jahraus, jahrein nahezu der gleiche: im Sommer um fünf und im Winter um sechs Uhr aufstehen. Während Großmutter mit viel Geschick den Herd in Gange brachte, gingen Tante und Onkel zum Stall, um zu misten, füttern und melken. Die beiden älteren Kinder machten sich nach dem Morgenkaffee auf den Schulweg, der fast eine Stunde in Anspruch nahm, und ich war mir selbst überlassen.

Eine Aufgabe, die ich freiwillig übernommen hatte, war das Füttern des Federviehs. Ungefähr fünfzig Hühner, drei Hähne, viele Enten und Gänse nannten wir unser Eigen, die bei der morgendlichen Fütterung ihren Gönner genauestens zu kennen schienen und mich bedrängten wie die Tauben auf dem Markusplatz. Eine Ausnahme bildete Rudolf, der Truthahn, ein prachtvoll schwarzer Puter, der über drei weitere Hennen wachte und je nach Laune ein gnadenloser

Verfolger war, der nur mit Hilfe eines kräftigen Knüppels abzuwehren war. Für das Federvieh war eigens ein Hühnerstall vorhanden, in dem sie sich, sobald es dunkel wurde, zum Schlaf zurückzogen, auch um sich vor dem nächtlich auf Raubzug gehenden Marder zu schützen. Dort befanden sich auch die Nester, in die die Eier gelegt wurden.

Nicht selten kam es vor, dass eine Glucke brütete und nach Ablauf der Brutzeit eine stattliche Schar Küken, glucksend und stolz, über den Hühnerhof führte. Die Gänse hatten einen besonderen Stellenwert, wurden sie doch nur zu besonderen Feiertagen geschlachtet, und ihr Schmalz wurde als Brotbelag und insbesondere bei Krankheiten aller Art sehr geschätzt.

Hinter den Stallungen waren mehrere, circa zwei bis drei Meter hohe Strohhaufen, die sich hervorragend als Spielplatz eigneten. Man konnte sie immer und immer wieder erklimmen, herunterrutschen oder von oben die Gegend erkunden. Am schönsten war es, auf dem Rücken zu liegen, den Sommerwind durchs Haar streichen zu lassen und die Wolken zu beobachten. Immer neue Kunstwerke bildeten sich und die Lerchen untermalten sie mit ihrer Flugakrobatik. Saubere Luft und angenehme Stille waren wohltuendes Beiwerk.

Im Winter waren Kühe, Pferde und Schweine in den Stallungen. Dort war es schön warm; hörte man dann noch Regen oder Graupel an die kleinen Fenster prasseln, so fühlte man sich im Innern geborgen, und der typische Stallgeruch war einem durchaus nicht unangenehm. Doch ab Mitte Mai gingen die Tore auf und es ging auf die Sommerweide.

Die Tiere schienen den Ablauf zu kennen. Nur ein Narr hätte sich ihnen in den Weg gestellt, denn sie kannten die Richtung zur Weide genau. Mit lustigen Bocksprüngen und im Schweinsgalopp ging es die Koppel hinunter auf die ersehnte Sommerwiese. Die Kühe blieben bis zum Oktober im Freien und wurden dort auch gemolken, während die Schweine abends alleine in den Stall zurückfanden, denn da gab es noch eine Extraration Futter. Da Schweine nicht dumm sind, wussten sie genau, wann es Abendessen gab. Sie waren überhaupt sehr anhänglich, hatten alle Namen und waren, da sie ohne Stress aufwuchsen, sehr umgänglich. Manche von ihnen ließen sich gerne kraulen, sie genossen es sichtlich, verdrehten die Augen oder knickten vor Lust mit den Hinterläufen ein. Auch die meisten Rinder waren für Zuneigung und gelegentliches Streicheln sehr zugänglich und wurden bei uns nicht als Sache oder Schlachtvieh angesehen (obwohl es irgendwann doch darauf hinauslief), sondern wurden geachtet und gut behandelt.

So war es immer mit sehr viel Aufregung verbunden, wenn eine Kuh kurz vor dem Kalben stand und Onkel und Tante mehr im Stall anzutreffen waren als auf dem Feld. Einen Tierarzt hinzuzubitten war zu teuer und wurde nie in Erwägung gezogen. Man kannte sich mit Geburten seit Generationen aus, und soweit ich mich entsinnen konnte, ist nie etwas schief gelaufen. Kein Mensch weiß warum, aber die meisten Kälber kamen nachts auf die Welt, und es dauerte immer Stunden. Manches Mal konnte ich zuschauen, und es war immer sehr aufregend. Besonders brutal erschien es mir, wenn gegen Ende der Geburt Onkel mit dem Kälberstrick nachgeholfen hat und mit aller Kraft gezogen wurde. Die Kuh merkte, dass es dem Ende zuging, und gab noch einmal alles, und endlich lag ein nasses Bündel im Stroh, was anfänglich nicht so leicht als Kälbchen zu erkennen war. Aber es wurde sogleich zu Mutters Kopf gebracht, die mit leisem, zufriedenem Muhen begann, ihr Neugeborenes mit der rauen Zunge abzulecken. Tante half mit einem Bündel Stroh, das Kälbchen trocken zu reiben und den Kreislauf in Gang zu bringen. Nach nicht allzu langer Zeit stand das Neugeborene auf eigenen Hufen und fand zielsicher die Quelle der kostenlosen Verpflegung; ich fragte mich stets, woher die das wohl wissen.

Die schönste Zeit im Jahr war die Erntezeit, wenn all die Mühe und Plage des ganzen Frühjahrs belohnt werden sollte. Die Feldarbeit begann schon im zeitigen Frühjahr, wenn Onkel das mächtige Kaltblut aus dem Pferdestall zum Aufschirren in den Hof brachte. Gemeinsam ging es dann mit einem einscharigen Pflug auf den Acker. Der Onkel ging mit der Leine quer über dem Rücken hinter dem Pflug, und sie zogen Furche um Furche in stillem Einverständnis. Wenn Zeit zur Pause war, brachte irgendjemand, manchmal auch ich, ein Stück Brot, Räucherspeck und Kathreinerkaffee mit viel Milch für den Onkel und einen Hafersack zum Umhängen für Peter, das war der Name des Kaltblüters. Wir hatten noch ein zweites Pferd im Stall, einen etwas kleineren Haflinger, der zu leichteren Arbeiten herangezogen wurde, unter anderem zum Milchfahren. Ich liebte unsere Pferde sehr, da sie sehr gutmütig waren und ich hin und wieder darauf reiten durfte.

14

Es wurden Hafer, Weizen, Roggen, Gerste, Rüben und Kartoffel angebaut, teils als Viehfutter, da Kaufen zu teuer gewesen wäre, teils zum eigenen Verzehr oder zum Verkauf. So hatte man das ganze Frühjahr zu tun mit Rüben- und Kartoffelhacken, was keine so beliebte Arbeit war. Anfang August wurde dann die Frucht geerntet. Zuerst musste mit der Sense ein circa zwei Meter breiter Streifen um das gesamte Feld abgemäht werden, um Platz für den Selbstbinder zu haben. Dieser fuhr im Kreise um das Feld und erntete die Frucht und bündelte sie. Uns kam es dann zu, die Bündel zu sammeln und zu großen Garben zusammenzustellen. Hinter uns waren die Störche, die nach aufgeschreckten Feldmäusen Ausschau hielten. Später wurden die Garben zu großen Wagenladungen aufgetürmt und von beiden Pferden auf den Hof gefahren, wo die Lohndreschmaschine bereitstand, um zu dreschen. Dieses Leben war zwar weit ab von jeder Zivilisation, aber so kurz nach dem Krieg dem Leben in der Stadt durchaus vorzuziehen, da Hunger und Stress Fremdwörter waren.

3. Kapitel

Der erste Schultag warf seine Schatten voraus. Die beiden Größeren nahmen mich in die Mitte und taten ziemlich wichtig. Ich ging, äußerlich mutig aber im Innern voller Zweifel, mit. Großes Aufhebens wurde von zu Hause nicht gemacht; ein Tornister mit Schiefertafel mit einem an einer Kordel befestigten Läppchen, ein Griffelkasten und ein Butterbrot waren meine Ausrüstung.

Die Schule war ein einsames Gebäude an einer schmalen Straße, zentral gelegen für die umliegenden Höfe. Ein typisches Schulhaus mit hohen Fenstern, einer Wohnung und einem Garten für das Lehrerehepaar, einem Schulhof und zwei Klassenzimmern für die Unter- beziehungsweise Oberstufe, inklusive dem typischen Schulgeruch, der in allen Schulen gleich zu sein scheint: eine Mischung aus Kleidergeruch, Reinigungsmitteln, Kindern und Bohnerwachs. Aus Mangel an Kindern gab es nur zwei Klassen: von der ersten bis zur fünften Klasse die Unterstufe im vorderen Raum, und im hinteren Raum von der fünften bis zur achten Klasse die Oberstufe. Die Klassen waren mit je zehn Kindern besetzt. Die Größeren hatten zusätzlich noch einen Barren im Klassenraum, der die Leibeserziehung vielseitiger gestalten sollte, aber nur zum Unfugtreiben genutzt wurde.

Dieses Jahr gab es nur zwei Neuzugänge. Außer mir stand da noch ein zierliches Mädchen mit blonden Zöpfen, einem karierten Kleid, einer Schürze und einer Menge Sommersprossen auf der Nase. Uns wurde ein Platz in einer Bank in der ersten Reihe zugewiesen, dort wurden wir gewissermaßen abgelegt und konnten zuschauen, wie sich der Lehrer mit den anderen beschäftigte, was nicht ganz einfach war, denn die zehn Kinder waren verteilt auf vier Klassen und sie hatten demzufolge verschiedenen Unterrichtsstoff. Aber irgendwie hat er es doch fertig gebracht, allen das nötige Wissen mehr oder weniger zu vermitteln. Meine Mitschülerin hörte auf den Namen Lotte und wir bildeten die erste Klasse.

Das anfängliche Misstrauen zwischen uns verschwand bald, denn wir hatten ja zu lernen, und einen Teil des Schulweges konnten wir auch gemeinsam bewältigen. Anfangs versuchte sie mich immer an der Hand zu nehmen, ich vermutete, sie betrachtete mich als ihr persönliches Eigentum. Es war wohltuend, sich mit jemand Gleichgesinntem zu unterhalten. Lotte zeigte Interesse an meinen Erlebnissen und Geschichten und ich hörte von ihren Abenteuern und Sorgen. Wir machten vieles gemeinsam, wenn zum Beispiel im Frühjahr die Kartoffeln im besten Kraut standen und die biologische Kriegswaffe der Amerikaner, die Kartoffelkäfer und ihre Larven, die Ernte zu zerstören drohten, wurde die ganze Schule rekrutiert, um Käfer und Larven reihum bei jedem Bauern einzusammeln. Bei dieser Gelegenheit gingen wir stets in der gleichen Reihe.

Oder sei es beim Vogelschießen, dem einzigen Schulfest im Jahr. Man hatte einen Bogen mit Blumen zu flechten, unter dem man mit seiner jeweiligen Partnerin zum Tanzsaal promenierte. Nachmittags wurde mit einer Armbrust auf einen an einem langen Baumstamm befestigten hölzernen Vogel geschossen; bei einem Treffer sind nummerierte Teile herabgefallen, für die es unterschiedliche Preise gab. Die Brust gehörte dem Schützenkönig und wurde mit einer Torte belohnt. Schon damals stellte sich heraus, dass ich ein hoffnungsloser Pazifist war, denn ich habe nie etwas getroffen, was Lotte nicht im Geringsten störte. Sie ging stets mit mir. War der Vogel zerlegt, ging es in den Tanzsaal und die Musik spielte auf. Jede Familie hatte etwas Essbares dabei und gemeinsam wurde gefeiert, jedoch nicht sehr lange, denn zu Hause wartete ja das Vieh.

Hin und wieder schickte ich mich an, Lotte einen Besuch abzustatten. Verließ man unseren Hof, so hatte man die Möglichkeit, nach rechts zu gehen und kam irgendwann zu einer asphaltierten Straße und zur Schule. Wendete man sich nach links, kam man zum Hof von Lottes Familie und nach einigen Kilometern weiter zu einem kleinen Örtchen mit einem Gasthaus, einem Frisör, einem Bäcker mit Lebensmitteln und einem Friedhof. Der Weg war befestigt, aber nicht geteert.

Gesäumt wurde er zumeist von Haselnusshecken oder anderen Sträuchern, die den Feldern als Windfang dienten und war gerade mal so breit, dass zwei Fuhrwerke Mühe hatten, aneinander vorbeizukommen. Auch führte er an der Kate eines alten Ehepaares vorüber, die ihr Leben lang als Tagelöhner auf einem in der Nähe liegenden Hofgut hart für wenig Lohn gearbeitet hatten und nun von ihrer spärlichen Rente mit Hilfe eines Gartens, einiger Hühner und einem Schwein ihren Lebensabend bestritten. Um zusätzlich ein paar Pfennige hinzuzuverdienen, räucherten sie für die umliegenden Bauern die Wurst und Schinken. Dazu hatten sie einen Raum in ihrer kleinen Kate zu einer Räucherkammer umgestaltet, in dem an der Decke alles voll Räuchergut hing und im ganzen Haus einen herrlichen Duft verbreitete. Ich freute mich immer daran, dass die beiden Alten ebenso rochen.

Abends pflegten sie immer Mensch-Ärger-Dich-Nicht zu spielen und man erzählte, dass der Hausherr kein guter Verlierer war und nach verlorenem Spiel mit dem Hausschuh nach seiner Angetrauten warf. Aber wenn es so gewesen sein sollte, bin ich sicher, hat er sie absichtlich verfehlt, denn so ein langes gemeinsames Leben als Tagelöhner schweißt ein Paar zusammen, und wenn die beiden sich ansahen, konnte man einen zufriedenen Glanz in ihren Augen erkennen.

Der Besuch bei Lotte war immer etwas Besonderes, denn sie hatte richtige Eltern und nicht nur eine Oma. Ihre Mutter war blond, immer fröhlich und hatte oft ein Stück frischen Kuchen parat. Ihr Vater war wie alle Väter meist irgendwo beschäftigt. Nicht, dass meine Oma nicht nett gewesen wäre, aber sie hatte nicht viel Zeit für uns Kinder übrig. Eine ihrer vielen Tätigkeiten war Kochen. Alle Mahlzeiten wurden von ihr zubereitet und sie verstand ihr Handwerk. In der Woche gab es meistens fleischlose Gerichte wie Mehlspeisen, Kartoffeln und Gemüse der Saison, das in einem großen Hausgarten angepflanzt wurde. In besonderer Erinnerung ist mir die Holunderbeersuppe mit Grießklösschen geblieben. Leider habe ich kein Rezept mehr auftreiben können. Wenn also ein geneigter Leser über selbiges verfügt, wäre ich für eine Überlassung dankbar. Sonntags gab es meist fettes Schweinefleisch (da unter vier Zentnern kein Schwein geschlachtet wurde) oder Huhn. Jedoch nur ein altgedientes, das nur noch als Suppenhuhn oder Frikassee zu verwenden war. Das Frühstücks- oder Abendbrot wurde größtenteils mit Schweineschmalz bestrichen, die Kinder streuten dick Zucker und die Erwachsenen ein wenig Salz darauf. Ab und an, wenn frisch gebuttert wurde, gab es frische, salzige Butter und Marmelade.

Ferner standen noch hausgemachte Leberwurst, Blutwurst, Schinken und Presskopf, alles in der Räucherkate haltbar gemacht, zur Verfügung. Besonders sonntags, wenn Oma ihre schwarzgepunktete Schürze anhatte und es statt des üblichen Zichorienkaffees echten Bohnenkaffee gab und dazu einen frischen Butterkuchen, kam eine besondere Stimmung auf. Nach dem Kaffeetrinken war dann die Zeit fürs Geschichtenerzählen oder für Kinderlieder. Großmutters Repertoire an Kinderliedern beschränkte sich auf zwei.

Du kleine Fliege,
wenn ich dich kriege,
denn reiß ich dir das linke Beinchen aus.
Dann kannst du hinken,
auf deinem Schinken,
und findest nimmermehr nach Haus.

Oder das andere auf Plattdeutsch:

Wud an lütten Öcker slachten,
wät ni wo it steeken schall,
dor nich, dor nich, dor nich,
awwer dooor.

Bei jedem "dor nich" piekte sie einem dann mit ihrem Finger in den Bauch, nur bei dem letzten "awwer dooor" grub sie ihren Finger in die Nähe des Adamsapfels. Da ich nicht kitzelig war, fand ich die Lieder nicht so lustig, sondern eher grausam, aber andere gab es halt nicht. Und wenn eine Geschichte erzählt wurde, war es immer die von dem Wettrennen zwischen dem Hasen und dem Igel. Natürlich auf Plattdeutsch. "Dat Wettlopen twischen dem Haasen un den Swienegel up de lütje Heide bi Buxtehude. Düsse Geschicht is lögenhaft to hörn, awer wohr is se doch! Denn min Grootvadder hät se mie vertellt." So sagte sie immer zu Beginn der Geschichte. Wir hörten der Erzählung immer wieder andächtig zu, auch wenn sie wiederum mit einem Toten endete, wie ihre Kinderlieder.

Großmutter war diejenige, die Ruhe und Gemütlichkeit im Haus verbreitete, außer in zwei Fällen: Wenn zu spät aufgestanden wurde, rannte sie mit rotem Kopf umher und schrie laufend „Tid versloppen" und brachte alles in Aufruhr. Und bei Gewitter; fast alle Häuser in der Gegend waren reetgedeckt. So war die Brandgefahr allgegenwärtig. War nun ein Gewitter, etwa mitten in der Nacht, so hatten alle aufzustehen, sich anzukleiden und mit gepacktem Koffer in der Küche zu sitzen und zu warten, bis das Gewitter vorbei war. Diese Sitte wurde bei Lottes Familie auch gepflegt, war doch in einem Brandfall die Hilfe der Feuerwehr nicht zu erwarten.

Noch eine Besonderheit war bei Lotte zu finden: zwei alte Damenfahrräder Marke Vaterland, schon angerostet, aber fahrtüchtig. Auf diesen erlernten Lotte und ich mühelos das Fahrradfahren, konnten zwar mangels Körpergröße nie auf dem Sattel sitzen, aber die umliegende Gegend erkunden war kein Problem. Angst vor dem Verkehr war unbekannt, da Autos sich selten in diese Gegend verirrten. Ausnahme war der Kaufmann mit seinem Bus, der, als Lebensmittelladen umgebaut, unsere Höfe besuchte, um seine Waren anzubieten. Alles Dinge, die von den Bauern nicht erzeugt werden konnten wie Salz, Zucker, Schnürsenkel u.s.w. Dies alles bot er feil und sogar zum Naschen hatte er immer etwas dabei, und obwohl das Geld knapp war, gab es immer ein paar Bonbons für die Lütten. Er war allseits beliebt, sorgte immer für Neuigkeiten und war eine willkommene Abwechslung.

Eine unserer Radexkursionen führte uns, eher zufällig, eines Tages zur circa fünf Kilometer entfernten Ostsee. Ein Ostseestrand, der nach rechts und links menschenleer war, ohne Zaun und Kurtaxe. Es war Frühsommer und das Wasser erträglich warm. Aus Mangel an Badezeug sprangen wir textilfrei in die Wellen. Ich glaube auch nicht, dass irgendjemand in der Umgebung einen Badeanzug oder eine Badehose sein Eigen nennen konnte. Anschließend bauten wir eine Sandburg und schauten windgeschützt den Möwen zu und waren in diesem Moment die glücklichsten Kinder auf der Welt.

4. Kapitel

Glück ist selten von Dauer. Eines Morgens ist Großmutter nicht aufgestanden, um den Herd anzuzünden und
Frühstück anzurichten. Sie war krank in ihrem Bett geblieben. Da sie schon weit über siebzig zählte, blickten Onkel
und Tante besorgt drein, bereiteten eine kräftige Hühnerbrühe, rieben die Brust mit Gänseschmalz ein und hofften
auf Besserung. Krankheiten waren, abgesehen von einer ge-
legentlichen Erkältung, unbekannt, und Hühnerbrühe und
Gänseschmalz taten in solchen Fällen gute Dienste. Aber
dieses Mal schien es etwas Ernstes zu sein, man entschloss
sich, einen Arzt aus der Stadt um Hilfe zu bitten. Er hatten
sein Kommen für den nächsten Tag zugesagt.

In unserer Gegend waren alle evangelisch getauft, aber
praktizierende Christen waren keine anzutreffen. Wahrscheinlich ließ der Tagesablauf keine Zeit für christliche
Dienste. Zudem legte Gott keine Eier, gab keine Milch
und schlachten ließ er sich auch nicht, und wenn man sich
in allerhöchster Not doch an ihn wandte, war er gerade
nicht ansprechbar. Kurzum, dieses Mal war er auch nicht
ansprechbar, der Arzt verschrieb einige Medikamente, und
wenige Tage später ist Großmutter verstorben.

Der Schock war für alle riesengroß. Sie lag, wie es damals noch üblich war, aufgebahrt in der guten Stube, und
jedweder konnte sich verabschieden und seine Aufwartung
machen. Ich habe lange neben ihr gesessen, ihre abgearbei-

teten Hände waren bleich und kalt. Ihr Gesicht war ernst aber entspannt, je länger ich sie anschaute, je mehr gelangte ich zu der Überzeugung, dass eine gewisse Zufriedenheit von ihr ausging. Verschwunden war der tägliche Kampf ums Dasein. Die Sorgen und Nöte, die ihr Haar grau färbten und für so manche Falte verantwortlich waren, hatten keine Macht mehr über sie, sie hatte letztendlich gewonnen. Obwohl sie sich im Leben nie unterkriegen ließ, war doch manches Unglück oder Missgeschick zu verkraften, und Großmutter war diejenige, die Optimismus verbreitete. Voller Zuversicht sagte sie immer „dat löpp sich aal trech" und meistens war es auch so.

Beigesetzt wurde sie auf dem Friedhof im nächsten Dorf. Einige Nachbarn, Verwandte und nicht zuletzt meine Mutter waren erschienen, um ihr die letzte Ehre zu erweisen. Ich empfand an jenem Tag eine große Leere in mir und war zu keiner Regung fähig. Umso mehr erstaunte es mich, dass ein Neffe, den ich bisher nur gelegentlich auf dem Hof gesehen hatte, wie ein Schlosshund heulte, gleichsam als wäre er der Verblichene; fast hatte ich mich geschämt, keine Tränen zu verlieren.

Zu Hause war für die Trauergäste ein Mittagessen vorbereitet. Allem Anschein nach macht große Trauer auch sehr hungrig; während ich keinen Bissen herunterbrachte, verschlang jener Neffe drei Schnitzel und reichlich Gemüse und Kartoffeln. Der Tod meiner Großmutter brachte eine Wende im Leben aller. War sie doch schier unersetzlich in Haus und Küche gewesen. Nicht zuletzt die kleine Bauernrente, die das spärliche Wirtschaftsgeld aufbesserte, wurde fürderhin vermisst. Für die Kleinen konnte sie nun auch nicht mehr sorgen und so war es unumgänglich, dass für meinen Bruder und mich die Stunde des Abschieds nahte.

Die letzten Tage waren mit Verabschieden ausgefüllt: Schule, Kühe, Schweine, Strohhaufen, sogar Truthahn Rudolf würden mir sicher fehlen. Überhaupt nicht zu denken an Lotte und die Ostsee. So verabredete ich mich mit Lotte zu einer Fahrradtour zu einem kleinem Weiher, nahe einem kleinem Wäldchen. Der Weiher war an heißen Sommertagen als Viehtränke willkommen, und einige Enten fühlten sich darauf wohl. Ich erzählte ihr von dem bevorstehenden Abschied, erzählte munter drauflos, um nichts von dem dicken Klos in meinem Halse merken zu lassen, erzählte von der bevorstehenden Reise neunhundert Kilometer quer durch Deutschland in ein großes Dorf nahe einer richtigen großen Stadt.

Da ich sonst kein so eifriger Erzähler war, hörte es sich eher hysterisch an und keineswegs tröstlich, wie ich es beabsichtigt hatte. Irgendwann stand Lotte auf, sah mich mit einigen Tränen in den Augen eine Weile an, setzte sich auf ihr Fahrrad und fuhr davon. Ich bin noch lange sitzen geblieben, bevor ich nach Hause fuhr.

Der Tag der Abreise war gekommen. Fein herausgeputzt saßen wir in der Kutsche, die uns zum nächsten Ort brachte. Mutter hatte sogar einen schicken Hut an, was ich zuvor in unserer Gegend noch nie gesehen hatte. Danach ging es im Bus weiter zur Stadt und zum Bahnhof. Es war das erste Mal, dass ich eine Großstadt und einen Bahnhof zu sehen bekam.

Da uns zu jener Zeit Fernsehen unbekannt war, waren die Eindrücke wirklich neu und alles sehr aufregend. Viele Lokomotiven mit ihren Wagons standen im Bahnhof, waren unter Dampf. Zischend und fauchend warteten sie auf ihre Passagiere, von denen es nur so wimmelte. Alle Sorten waren vertreten: Vornehme, die sich einen Gepäckträger leisten konnten, Leute mit wenig Gepäck und alltäglicher Kleidung, die sicherlich nur zur Arbeit fuhren, Aufgeregte, die schon zum dritten Mal die Auskunft fragten, ob das auch wirklich der richtige Zug sei und Fernreisende, die von ihrem Anhang schon geraume Zeit Abschied nahmen. Irgendwie konnte man den Duft der großen weiten Welt spüren.

Wir suchten uns im richtigen Zug ein Abteil, in dem die Fensterplätze noch frei waren, richteten uns häuslich ein und waren neugierig auf die Fahrt. Mit belegten Broten, hart gekochten Eiern und Himbeerwasser in Flaschen abgefüllt, waren wir bestens versorgt und konnten der zehnstündigen Fahrt mit zweimaligem Umsteigen in Hamburg und Frankfurt beruhigt entgegensehen. Bei sonnigem Wetter zog die Landschaft an uns vorüber, stets wechselnd zwischen Wald und Flur, Berge, Täler und Flüsse und manch idyllischem See. Dazwischen immer wieder kleinere Dörfer oder große Städte. Ich wurde nicht müde, immerzu zum Fenster hinauszuschauen. Die Welt zog unablässig an mir vorbei, ich saß auf der anderen Seite des Fensters und konnte sie unbehelligt betrachten. Aufregend, aber weniger schön, war der Aufenthalt an der Grenze zum Saarland. Zöllner bestiegen den Zug und durchsuchten alle Gepäckstücke, prüften jedermanns Identität und taten sehr wichtig. Aber das behelligte uns nicht, da wir keine Schmuggelware mit uns führten. Andere Mitreisende hatten weniger Glück, denn an der Grenze Saarland – Deutschland wurde stets streng kontrolliert.

Nach dem Ersten Weltkrieg entstand bei den Versailler Friedensverhandlungen für das Saargebiet eine neue Regelung, die im Saarstatut fixiert wurde. Die Bevölkerung behielt zwar die deutsche Staatsbürgerschaft, Deutschland verzichtete jedoch zugunsten des Völkerbundes auf die Regierung. Die Regierungsgeschäfte wurden von einer fünfköpfigen Kommission, der ein Saarländer, ein Franzose und drei Mitglieder anderer Länder angehörten, die nur dem Völkerbund verantwortlich waren, wahrgenommen. Der Versailler Friedensvertrag sah vor, dass die Saarbewohner nach fünfzehn Jahren entscheiden konnten, ob sie den Status Quo vorzogen, an Frankreich angeschlossen oder wieder Teil Deutschlands werden wollten.

1935 war es dann so weit, es sollte über den Status Quo abgestimmt werden. Die Braunen waren schon fest im Sattel. Sie rührten mit aller Kraft die Werbetrommel für die Wiedereingliederung ins Reich und beschimpften die Anhänger anderer Ansichten als Verräter und Heimatlose. Mit Bussen und Autos wurde jeder, der wollte oder nicht wollte, zum Wahllokal transportiert und die Wahlbeteiligung auf neunundneunzig Prozent gebracht. Über neunzig Prozent stimmten für die Wiedereingliederung zu Deutschland. Dem Rest blieb nur die Emigration.

Nach dem verlorenen Zweiten Weltkrieg lösten am zehnten Juli 1945 die Franzosen die Amerikaner als Besatzungsmacht ab. Als Währung galt der französische Franken, und die Saarländer waren wirtschaftlich bis 1958 unter französischer Verwaltung. Bei der Wahl am Tage X stimmte der Großteil der saarländischen Bevölkerung für den Anschluss an Deutschland. Der Wahlkampf wurde auch heftig geführt, aber Repressalien wie 1935 blieben aus. Die meisten waren wieder stolz, Deutsche zu sein, als Zahlungsmittel hatten sie die Deutsche Mark und die unselige Grenze nach Deutschland erübrigte sich. Nun wurde an der Grenze nach Frankreich kontrolliert.

Die Reise näherte sich nunmehr dem Ende. Nach etwa einer Stunde hielt der Zug in Saarbrücken. Von dort aus ging es mit der Straßenbahn zur Stadt hinaus und in einem recht klapprigen Bus auf einer kurvigen nach oben führenden Straße zum Mittelpunkt eines kleinen Dorfes. Die Haltestelle war vor einer Kirche. Vier Straßen kreuzten sich vor jener Kirche, eine Bäckerei, eine Gaststätte waren zu erkennen und etwas weiter weg prangte der hochklingende Name „Konsum und Kolonialwarengeschäft" über einem Tante Emma Laden. Augenscheinlich war das sowohl der Mittelpunkt als auch der höchste Punkt des Dorfes.

Da in jener Gegend schon seit dem Mittelalter nach Kohle gegraben wurde und im Zeitalter der Industrialisierung diesem Bodenschatz eine immer größere Rolle zukam, wurde dieser Ort ein typisches Bergmannsdorf. Mehrer Kohlegruben in der näheren Umgebung und zwei Eisenhütten waren Garant für genügend Arbeitsplätze. In den früheren Jahren war die Bevölkerung nicht ausreichend, die notwendigen Arbeitskräfte zu stellen, und man warb Arbeiter

28

aus industrieschwachen Gegenden, die dann in den von den Gruben errichteten Schlafhäusern übernachteten und nur selten nach Hause konnten oder sich nach und nach ansiedelten. Der Bergmann und seine Familie waren stark abhängig von der Knappschaftsordnung. Die Reglementierung reichte oftmals bis weit in das Privatleben. So wurde zum Beispiel bestraft, wer Holz auf der Grube entwendete, einen Beamten beleidigte, am Lohntag in der Wirtschaft angetroffen wurde oder eine Andacht vor der Einfahrt störte. Die Heirat eines Bergmanns war nur dann möglich, wenn der Schichtmeister einen Trauschein ausstellte.

Die Saarländer waren kulturell durchaus unterschiedlich und der Umstand, dass man mal unter französischer, dann wieder unter deutscher Verwaltung stand, machte die Leute aufgeschlossener, redseliger als im Norden und stets bereit, etwas zu feiern. Obwohl die Jahre nach dem Krieg entbehrungsreich waren und mit dem wenigen Geld sehr sorgsam umgegangen wurde, ging es den Bergleuten nicht so schlecht wie der übrigen Bevölkerung, wurden sie doch gebraucht. So gab es extra Verpflegung für die Kumpels, in werkseigenen Kaffeeküchen waren Lebensmittel und Getränke billiger zu haben, und die medizinische Versorgung war auch gesichert. Zusätzlich bekam jede Bergmannsfamilie ihren Brennstoff für den Winter in Form von Kohle gratis. Die meisten Bergleute waren stolz auf ihre Arbeit, nahmen den Schmutz als etwas Gegebenes hin, und wenn man im Alter von fünfundfünfzig bis sechzig wegen einer Steinstaublunge in den frühzeitigen Ruhestand versetzt wurde, dann war das halt so. Nicht wenige hatten große Mühe zu atmen, Treppen zu steigen oder irgendeiner Beschäftigung im Garten nachzugehen. Bei jedem Atemzug konnte man einen Pfeifton wahrnehmen, und alt sind die meisten davon Betroffenen nicht geworden.

Den Rest unseres Weges mussten wir mit allem Gepäck zu Fuß bewältigen, es war jedoch nicht mehr sehr weit. Die Straße war rechts und links mit Häusern gesäumt und hinter manchem Vorhang schauten neugierige Augen hervor, die jedoch verschwanden, wenn sie sich entdeckt fühlten. Dann standen wir vor dem Elternhaus meines Vaters.

5. Kapitel

Ein kleines Anwesen mit großem, am Hang gelegenen Garten. Der schmale Vorgarten war durch einen Eisenzaun von der Straße getrennt und die mitten in der Hausfront befindliche Haustür war der gemeinsame Eingang für je eine Wohnung rechts und links. In der rechten Wohnung lebte meine Großmutter väterlicherseits und in der linken Wohnung wohnte einer ihrer Söhne mit dessen Frau, also Onkel und Tante von mir. Da Wohnraum in jener Zeit besonders knapp war, wurde beschlossen, dass wir vorläufig auch hier unsere Bleibe haben würden. Wir hatten zwei Schlafräume in der Mansarde, und die Mahlzeiten sollten in Großmutters Küche gemeinsam eingenommen werden. Das Ganze war eine Notlösung, und bis sich was Besseres gefunden hat, müsse es uns genügen. Oma Anna war schon seit vielen Jahren verwitwet, leitete souverän ihren Haushalt und war mit nahezu achtzig Jahren immer noch der Mittelpunkt der Familie; und Familie war genügend vorhanden. Hatte sie doch zwölf Kindern das Leben geschenkt, zehn davon gesund durch zwei Kriege gebracht, und aus allen ist etwas Respektables geworden. Ganz einfach war es nicht, da Großvater während der Evakuierung doch viel zu früh verstorben war.

Sie war, wie der Großteil in dieser Gegend, katholisch und ihr Glaube war fest und unerschütterlich. Da sie keinen anderen Glauben akzeptierte, war es unumgänglich, dass wir, da wir ja evangelisch getauft waren, zum katholischen

Glauben zu konvertieren hatten. Gefragt wurden wir nicht, mein Bruder tat es mit schwachem Protest, mir war es einerlei und meine Mutter behielt ihren Glauben, wofür sie stets schief angesehen wurde.

Aber vorerst standen wir an der Haustüre und klopften, erwartete man uns nicht? Eine hagere, ältere Frau öffnete und bat uns, näher zu treten. Wir gingen rechts in die Wohnung. Der erste Raum war eine große Küche, in der es nach frischem Kaffee und Streuselkuchen duftete. Meine Mutter stellte uns vor: „Das ist Oma Anna, und das sind unsere beiden Kinder." Hätte ich jetzt eine zärtliche Umarmung erwartet, wäre ich enttäuscht worden. Wir wurden auf ein hinter dem Küchentisch stehendes Chaiselongue verwiesen, bekamen ein Stück Kuchen und durften dieses, nachdem wir gebetet hatten, ohne zu krümeln aufessen. Mit Schrecken musste sie feststellen, dass es mit unseren Kenntnissen im Beten äußerst schlecht bestellt war. Außer dem „Vaterunser" war uns kein Gebet bekannt. Mit grimmigem Wohlwollen in der Stimme versprach sie, dass sich das alsbald ändern würde, was ich ihr unbesehen glaubte. Anschließend erklärte sie uns, was in diesem Hause alles verboten sei und entließ uns zum Auspacken vorerst in unsere Zimmer.

Die Ankunft unseres Vaters näherte sich. Vater hatte den Beruf des Schreiners erlernt, arbeitete nun aber bei der Bundesbahn, da in seinem Beruf nichts Passendes zu finden war. Er war ein fleißiger Mann, nach seiner täglichen Schicht fertigte er unten im Keller, der mit einer Hobelbank, Schraubzwingen und sonstigem nützlichem Schreinerwerkzeug ausgestattet war, Fenster, Türen und Möbel für alle Leute, die etwas in Auftrag gaben und verdiente so eine erkleckliche Summe hinzu. Ende der zwanziger Jahre, als die große Arbeitslosigkeit herrschte und er auch mit großem Bemühen keine Beschäftigung finden konnte, beschloss er, um seinen Eltern nicht auf der Tasche zu liegen, sich bei der Marine als Berufssoldat zu verpflichten. Nach einer strengen Auswahl wurde er schließlich akzeptiert und hat es nach zwölf Jahren bis zum Ende des Zweiten Weltkrieges 1945 zum Oberbootsmaat gebracht. Da die Schule der Marine in der Nähe unseres Bauernhofes lag, hat er wohl eher zufällig "die Schönste von der Waterkant", meine Mutter, kennen gelernt und sie alsbald geheiratet. Im Abstand von vier Jahren, jeweils neun Monate nach dem Heimaturlaub, sind zwei Söhne auf die Welt gekommen, die aber von ihrem Vater nicht viel zu sehen bekamen, da er entweder kämpfen oder zum Schluss in Gefangenschaft war.

Mein Bruder, der ja etwas älter war, hatte vielleicht eine Erinnerung an ihn, aber bei mir lebte er nur in meiner Vorstellung. Das war auch ganz praktisch, konnte ich ihn mir doch vorstellen, wie ich es mochte, groß, stattlich, edel, kurzum, ein Held und wahrer Vater. Das ging auch ganz gut – bis an diesem Abend. Gegen achtzehn Uhr kam er nach Hause, er freute sich, uns zu sehen, und wir wären tüchtig gewachsen, sagte er, und nun wären wir eine richtige Familie und würden gemeinsam versuchen, unser Glück zu machen.

Artig sagte ich: „Guten Abend, es freut mich, Sie kennen zu lernen." Irgendwie versuchten Vater und Mutter mich zu überreden doch „du" zu Vater zu sagen, schließlich sei er doch mein Vater. Aber geschickt umging ich anfangs die Anrede immer wieder. Zudem sah er absolut nicht aus wie in meinen Träumen. Nur einen Meter siebzig war er groß, nach den Entbehrungen des Krieges ziemlich hager, schwarzes, nach hinten gekämmtes Haar, und die Arbeitskleidung trug nicht dazu bei, sein Äußeres zu meinen Gunsten zu beeinflussen. Er hat mir zwar versichert, dass er mich als Kleinkind des Öfteren in seinen Armen gehalten habe, aber daran konnte ich mich nicht erinnern und wollte es auch nicht.

Nun waren wir alle zusammen, in einer Notwohnung mit nur zwei Schlafkammern, eine für meinen Bruder und mich und eine für meine Eltern. Großmutters Küche wurde von allen gemeinsam benutzt. Ein Wohnzimmer gab es noch, aber da durften wir nicht hinein. Es war eine vorübergehende Lösung, die, sobald wir eine eigene Wohnung gefunden hätten, ihr Ende finden sollte. Aber es war schier unerträglich, sowohl für meine Mutter als auch für uns Kinder. Vater hatte es noch am besten, er ging frühmorgens zur Arbeit, kam spätabends zurück und verzog sich dann in den Keller an seine Hobelbank. Mutter hatte in der Küche und auch am Küchenfahrplan keine Rechte, zumal sie immer noch ihrem evangelischen Glauben treu geblieben war. Beklemmend war die Enge, da mit drei Familien das Haus hoffnungslos überbelegt war. Es gab keine Nischen, in die man sich zurückziehen konnte, immer war irgendjemand in der unmittelbaren Nähe, was in zunehmendem Maße für mich zum Problem wurde. Ich vermisste die Ruhe und Weite meiner bisherigen Heimat sehr.

34

6. Kapitel

Ein weiteres Handicap war die Sprache. Vergleicht man norddeutsches Platt mit saarländischem Dialekt, so treffen Welten aufeinander. Keiner versteht den anderen, ich beherrschte auch ein akzentfreies Deutsch, aber das half mir nicht, meine neu gewonnenen Verwandten zu verstehen. Der gängige Fleckenentferner war damals „l'Eau de Javel". So war es, dass Oma Anna mich zum nahen Kolonialwarenladen schickte, dessen Eigner ein gewisser Herr Zinke war, mit dem Auftrag, flugs jenes Fleckenwasser zu besorgen. Das hörte sich dann so an: "Flitz emol zum Zinke unn kaaf e Flasch Otschawell, awwa dummel dich." Nachdem ich dann höflich noch mal nachgefragt hatte: „Wie bitte?" bekam ich zum zweiten Mal zu hören: "Du sollscht zum Zinke Otschawell holle, awa dummel dich." Entmutigt und zu feige zum nochmaligen Nachfragen ging ich los und erzählte dem Kaufmann von Großmutters Flecken in der Wäsche und bekam glücklicherweise das richtige Fleckenwasser; wahrscheinlich gab es nur das eine. Solche Abenteuer waren alltäglich. Zudem war jener Kaufmann eine gute Seele. Er leitete seinen Laden schon von Jugend an und war von morgens sieben Uhr bis abends spät im Geschäft. Ein typischer Tante Emma Laden mit einer Theke, auf der einige Glasbehälter mit Schraubverschluss standen, in denen die schönsten Fruchtbonbons und Pfefferminzbruchstücke enthalten waren. Auf einer Seite stand ein Schränkchen aus Glas und einer Seite mit Fliegendraht, in dem der Käse aufbewahrt wurde. Hinter dem Tresen war ein Holzschrank mit recht vielen Regalen und Schubfächern, dort waren Erbsen, Linsen und Zucker in Zentnersäcken gelagert und konnten in kleinen Mengen abgewogen werden. Zu diesem Zwecke war an der Waage seitlich ein spitzer messingner Tütenhalter angebracht.

Bei Herrn Zinke konnten nahezu alle Gegenstände des täglichen Gebrauchs erstanden werden, sogar Heringe im Fass, wenn Saison war. Außerdem hatte er auch eine soziale Ader, denn nicht wenige seiner Kunden ließen anschreiben. Sie hatten beim Einkauf ein kleines Heftchen mit, in dem der zu zahlende Betrag eingetragen wurde und der dann am Ende des Monats, bei Erhalt des Lohnes, beglichen wurde. Meist blieb vom Lohn kaum wieder etwas übrig und man begann wieder von vorne mit dem Aufschreiben. Es war ein Kreislauf, aus dem es schwer ein Entrinnen gab. Aber der Ladenbesitzer hatte für alle ein nettes Wort, egal ob reich oder arm.

An Wochenenden kamen die anderen Kinder von Oma Anna, ihren Besuch zu machen, teils aus Familiensinn, teils aus Neugierde. Jeder wollte einmal die neue Familie ihres Bruders begutachten. Ich fühlte mich wie in einem Zoo. Ausweichen wäre im Garten möglich gewesen, aber entweder arbeitete dort gerade Onkel Johann, der die andere Hälfte des Hauses bewohnte und es nicht gerne sah, wenn man im Garten herumlungerte oder ich wurde gerufen: „Komm doch mal hoch, Tante sowieso mit ihren Kindern ist da." Stand ich dann vor meinen neuen Verwandten, so beugten sie sich zumeist ein wenig herab, sagten mit Sicherheit die Worte: „Mein Gott, bist du aber gewachsen", obwohl sie mich vorher noch nie gesehen hatten. Dann noch die Frage: „Ei wie heißt denn du?" Als ob sie das nicht schon vorher gewusst hätten. Dann versicherten sie mir, dass sie froh wären, dass wir jetzt endlich hier seien, und dann war das Interesse Gott sei Dank erloschen. Es half mir nichts, dass alle meine Mitmenschen es augenscheinlich gut mit mir meinten, nur war es so, dass ich mit dem abrupten Wechsel nicht zurechtkam. Da ich nun auch weiter der Schulpflicht unterlag, setzte sich der Ärger mit der Verständigung fort.

7. Kapitel

Das Schulsystem war ein anderes als im Norden. Im Jahre 1911 entschloss sich das Saarland, wahrscheinlich unter Beeinflussung der Kirche, entgegen der Koedukation (gemeinsame Erziehung von Jungen und Mädchen), die Geschlechter zu trennen, und es entstand eine Mädchen- und Knabenschule und diese eine beträchtliche Entfernung auseinander. Wahrscheinlich der Grundstein für einige Generationen sexuell verklemmter Jugendlicher. Das natürliche Verhältnis zum anderen Geschlecht ging verloren, und die Aufklärung war den Kindern in der Pause auf dem Schulhof überlassen. Wir hatten auch zwei Stunden in der Woche Religionsunterricht, in denen unser Pastor oder Kaplan viel von Erbsünde und Katechismus, und dass wir generell alle Sünder wären, erzählte. Aber richtige Aufklärung hatten wir nicht. Einmal gab er uns den Tipp, wenn wir samstags baden oder uns waschen würden, nicht zu lange mit dem Waschen verweilen und uns gleich anziehen sollten. Das war die ganze Aufklärung. Kein Wunder, dass auf dem Schulhof die wildesten Gerüchte kursierten, wie: wenn ein Junge ein Mädchen küsst, bekommt sie ein Kind, oder: wer sich selbst befriedigt, kriegt schlechte Augen oder Haare zwischen den Fingern. Ich stand diesen Aussagen von Anfang an skeptisch gegenüber, hatte nicht unser Herr Pfarrer eine starke Lesebrille und unser Herr Schuldirektor viele Haare auf Handrücken und zwischen den Fingern.

Im Oktober 1945 wurde mit der Konfessionsschule die Trennung von katholischen und evangelischen Kindern vollzogen. Schon allein die Schule war gegenüber meiner alten Schule, mit Ober- und Unterstufe und wenigen Kindern, ein wahrer Moloch. Neun Klassen mit durchschnittlich fünfundvierzig Kindern wurden unterrichtet. Zucht und Ordnung waren offensichtlich ein Grundprinzip. Die Prügelstrafe war an der Tagesordnung und die meisten Lehrer hatten ihren Lieblingsprügelstock ganz offen auf dem Lehrerpult abgelegt, sozusagen als Abschreckung. Vielleicht hatten die Kriegsjahre ihre Seele verhärtet. Nun gab es auch Unterschiede, denn nicht alle machten Gebrauch von dem Folterwerkzeug. Aber einige hatten sich wahrlich spezialisiert, so musste man je nach Laune die Hände nicht wie üblich mit den Handflächen nach oben vorhalten, sondern mit den Knöcheln nach oben, was beim Draufprügeln den Schmerz um ein Vielfaches erhöhte.

Drei Pausen gab es an einem Schulmorgen. Sie wurden jeweils bei Beginn und Ende mit einer Glocke durch den Schuldiener angekündigt. Vor dem Betreten des Schulgebäudes musste sich Klasse für Klasse in Zweierreihen aufstellen, ausrichten und abzählen. Danach kam von dem auf der Treppe stehenden Pausenaufsichtslehrer das Zeichen, um nacheinander in die Schule einzurücken, ganz wie auf dem Kasernenhof. Ist einer der Schüler während dieser Prozedur aufgefallen, entweder durch unnötiges Reden oder Rumhampeln, setzte es Schläge ins Genick, oder was auch sehr beliebt war, nach oben Ziehen der kleinen Härchen über dem Ohr, was den betroffenen Schüler unweigerlich auf die Zehenspitzen trieb. Zweimal pro Woche war vor dem Unterricht eine Schulmesse und jeder Schüler hatte daran teilzunehmen. Auch die meisten Lehrkräfte waren in der Kirche, weniger aus Andacht, sondern um die fehlenden Schüler namhaft zu machen. Später im Klassenraum wurden betreffende Schüler befragt, und wehe sie hatten keine plausible Erklärung für ihr Fehlen.

Zum Musik- und Gesangslehrer hatte man sinnvollerweise eine ältere Lehrkraft auserkoren, die so leidlich das Violinenspiel beherrschte. Zu seinen Unterrichtsstunden brachte er stets sein Instrument mit und verwöhnte uns reichlich mit seiner Kunst, zumeist Stücke aus dem kirchlichen Bereich. Sprach jemand dazwischen, so schlug er erbarmungslos mit dem Geigenbogen zu, es war ihm egal, welches Körperteil er traf. Nach gelungener Strafaktion klemmte er wieder seine Geige unter das Kinn und intonierte zufrieden „Großer Gott wir loben Dich".

Die Klasse, in der ich Aufnahme fand, wurde größtenteils von einer Lehrerin unterrichtet, und bei ihr waren Schläge nicht an der Tagesordnung. Wenn es sich ihrer Meinung nach doch nicht umgehen ließ, musste man zu ihrem Mann, der an der gleichen Schule ein Stockwerk höher unterrichtete, und sich dort die Prügel abholen. Als der Neue fand ich anfänglich mehr Beachtung als mir lieb war, besonders meine Aussprache schien meine Mitschüler zu belustigen. Aber bald gewöhnte man sich daran. Ein Junge, etwa zwei Jahre älter, denn er hatte zwei Schuljahre wiederholt, bereitete mir Ärger. Er saß in der letzten Reihe, weil er ohnehin vom Wuchs her der Größte war, und versuchte sich so wenig als möglich am Unterricht zu beteiligen. Die Lehrerin ließ ihm auch meistens seine Ruhe, so war er wenig auffällig, bis auf dem Nachhauseweg. Wir hatten bis vor unser Haus den gleichen Weg, der zwischenzeitlich durch ein schmales Gässchen führte. Dort lauerte er mir auf, neckte mich vorab und dann verprügelte er mich. Ich fragte ihn, weshalb er es tat, darauf wusste er keine Antwort, er tat es halt. Ich dachte mir, dass er es wohl zu Hause nicht besonders gut hätte, keine Aufmerksamkeit und Zuwendung. Aber mir nützte das wenig. Fast jeden Tag bekam ich meine Dresche, bis ich heulte. Auch mancher Trick, später zu gehen, andere Wege zu nutzen, halfen nicht immer. Einmal versuchte ich einen neu gewonnen Freund als Verstärkung mitzunehmen, er versprach mir auch Unterstützung. Aber als es dann soweit war, stand ich alleine da. Nun fragte ich ihn später, wo er denn gewesen sei, er sagte, er sei schnell nach Hause gelaufen, um einen Knüppel zu holen und als er zurückkam, seien wir schon weg gewesen. Ich habe ihn dann nicht mehr um Hilfe gebeten, ich wollte ihn nicht mehr in Verlegenheit bringen. Ein probates Mittel war, rechtzeitig loszuheulen, um die Prozedur zu verkürzen.

Alles in allem gesehen war der Wechsel von Nord nach Süd ein großes Desaster und setzte mir sehr zu. Nachts konnte ich schlecht einschlafen. Im Bett drehte ich den Kopf nach rechts und links, immer schneller und fester, so dass sich ein Schwindelgefühl oder rauschähnlicher Zustand einstellte, in dem ich dann irgendwann erschöpft einschlief. Meinen Bruder, der ja in derselben Kammer schlief, nervte das sehr, aber sonst kümmerte es niemanden. Diese Periode dauerte fast ein viertel Jahr, bis meine Eltern eine neue Wohnung in einem kleinen Haus, circa einen Kilometer entfernt, anmieten konnten.

8. Kapitel

Diese Wohnung war auch in einer Mansarde, hatte eine Küche und zwei Schlafzimmer. Das Klohäuschen war im Garten, ein Plumpsklo mit einem Herz in der Tür, und da das Herz in circa einen Meter fünfzig Höhe war, konnte man zuweilen dem darauf Sitzenden in die Augen schauen. Die Besitzer waren zwei circa Mitte sechzig Jahre alte Rentner. Sie waren freundlich und hilfsbereit, luden uns hin und wieder zu einer Tasse Kaffee ein und hatten ein Herz für Kinder. Obwohl die Wohnung recht klein war, hatten wir doch eine eigene Küche, Mutter konnte unser eigenes Essen zubereiten und so etwas wie ein kleines Glück leuchtete am Horizont.

Der Weg zur Schule war um die Hälfte kürzer und ich hatte mich fest entschlossen, nie mehr der Prügelknabe für irgendjemanden zu sein. Schräg gegenüber unserer neuen Bleibe war ein Eisen- und Haushaltswarengeschäft, in dessen Auslage auch einige Taschenmesser zu bewundern waren. Für alle Kinder ein fast unerreichbarer Traum. So stand auch eines Tages der ständige Tyrann meines Schulweges mit einem anderen Jungen vor der Auslage, um sich die Taschenmesser anzuschauen. Ohne groß nachzudenken, ging ich festen Schrittes hin und stellte mich vor ihn, irgendwie konnte er mit der Situation nichts anfangen. Mit aller Kraft, die mir zur Verfügung stand, schlug ich meine Faust in das verhasste Gesicht. Er ging zu Boden, seine Nase blutete und ich drehte mich um und ging unbehelligt nach Hause. Seit dem Tage hatte ich meine Ruhe. Auch in der Schule hat sich das herumgesprochen und mein Ansehen war gewachsen. Wir sind später keine dicken Freunde geworden, aber er hat mich akzeptiert.

Da ich zum katholischen Glauben konvertiert hatte, kam ich nun in den Genuss, die Erste Heilige Kommunion feiern zu können. Das hatte den Vorteil, dass ich neu eingekleidet wurde, keine bereits getragene Sachen. Eine dunkelblaue kurze Hose, ein weißes, von meiner neuen Patentante Emma selbst genähtes Hemd, etwas zu groß geraten, weil ich ja noch reinwachsen könne, einen schwarzen ärmellosen Pullover, weiße Kniestrümpfe und letztendlich hohe schwarze Schnürschuhe. Eine Kerze musste noch gekauft werden und ich war perfekt.

Nach der Messe ging es in unsere Mansarde, nach und nach besuchten uns alle Verwandten, da für alle auf einmal der Platz nicht gereicht hätte. Es gab Kaffee und Kuchen, und so manches Geldgeschenk wechselte den Besitzer zu meinen Gunsten. Auch praktische Mitbringsel waren dabei wie Füllfederhalter, Buntstifte, eine preiswerte Uhr und was mich besonders erfreute, war mein erstes eigenes Buch, „Robinson Crusoe", eine Erzählung von Daniel Dafoe. Ich habe das Buch immer und immer wieder gelesen und konnte viele Stellen daraus auswendig rezitieren. Ich liebte das Lesen. Es war schön, sich an den Gedanken des Schriftstellers zu beteiligen und mit dem Helden zu leiden oder zu hoffen. Da ich das Lesen zu meinem Hobby erkoren hatte, wünschte ich mir, wenn ein Geschenk zu erwarten war, stets ein Buch. Da Bücher im Allgemeinen eine preiswerte

Investition sind, ging mein Wunsch auch gelegentlich in Erfüllung. Nur hätte ich besser auf diesen oder jenen Titel bestehen sollen, dann wären keine Bücher wie „Ruff, das Nashorn" oder „Die Regulatoren von Arkansas" darunter gewesen, die offensichtlich besonderst preisgünstig waren. Gelesen habe ich sie trotzdem mehrere Male. Der Tag der Ersten Heiligen Kommunion war einer jener friedlichen und glücklichen Tage, an die man sich gerne erinnert. Am nächsten Morgen nahmen meine Eltern die Geldgeschenke unter ihre Obhut, damit sie meinen Charakter nicht verdürben. Eine unbedeutende Summe wurde mir überlassen, und ich konnte mir ein paar Kaugummis kaufen.

Unsere neuen unmittelbaren Nachbarn zur Rechten waren die katholische Kirche, das Pfarrhaus und das Schwesternhaus. Was letztendlich ursächlich war, weiß ich heute nicht mehr. Aber eines Tages meldete ich mich als Messdiener an. Oma Anna war hocherfreut, wuchs etwa am Ende ein Geistlicher aus unserer Familie?

Aber so schnell ging das nicht. Anfangs mussten lateinische Gebete auswendig gelernt werden, die liturgische Handlung der Messe musste traumwandlerisch beherrscht sein und die Christenlehre war oberstes Gebot. Aber im Vordergrund stand immer wieder, dass wir alle Sünder wären. Was ich nicht einsehen wollte. Es gab die zehn Gebote, die als Kind einzuhalten nicht besonders schwer ist. Du sollst Deine Eltern ehren; ich hätte mich gehütet, meinen Vater unehrenhaft zu behandeln, denn er war mit Prügel schnell bei der Hand. Morden und Stehlen waren mir zuwider, und das Wort Unkeuschheit wurde mir recht umständlich von unserem Geistlichen erklärt, aber als ich einigermaßen verstand, was er meinte, war ich sehr erstaunt. Hatte Gott uns nicht in der Bibel den Auftrag gegeben „wachset und mehret euch" und nun soll ein Gottesgebot unkeusch sein? Zudem hörten wir, dass Gott allwissend und gütig ist, dann wusste er ja, wie unvollkommen er den Mensch erschaffen hatte, wieso kann er dann auf ihn böse sein?

Auf unserem Bauernhof im Norden war die Sexualität kein so großes Geheimnis. Kam der Eber zur Sau oder der Bulle zur Kuh, waren Kind und Kegel anwesend, um den Erfolg mitzuerleben. Ich wünschte, unser Herr Pfarrer hätte zugegen sein können, er hätte Predigtstoff für mehrere Jahre gehabt.

Befremdet hat mich die Beichte. Hatte ich das früher nie praktiziert, war es nun absehbar, wann ich zum ersten Mal in den Beichtstuhl musste. Aber die Kirche stand uns mit Rat und Tat zur Seite. Es wurde uns gesagt, wie wir uns im Beichtstuhl zu verhalten hatten, welcher Spruch zu sagen ist, und überhaupt wäre es am besten, vorher einen Zettel anzufertigen, auf dem alle Sünden verzeichnet sind, so könne man sie ruck-zuck ablesen. So habe ich halt ohne Überzeugung ein paar kleine Sünden notiert und sie gebeichtet. Aber ich hatte mir das zu einfach vorgestellt, denn von dem sechsten Gebot stand nichts auf meinem Zettel, ich fand das ginge niemanden etwas an. Mit dieser Ansicht stand ich aber alleine da. Die Stimme auf der gegenüberliegenden Seite, die ohne jeden Zweifel zu meinem Herrn Pastor gehörte, verlangte nach Vollständigkeit. „Hast du denn nicht gegen das sechste Gebot verstoßen und Unkeuschheit getrieben?

Und wenn ja, wie oft?" Letztendlich habe ich es zugegeben und ich war sicher, dass er auch mich erkannte.

Aber all das brachte mich nicht dazu, meine neue Berufung als Messdiener aufzugeben. Ich sagte mir, vielleicht verstehst du es später, und offensichtlich betrachtet, war der christliche Glaube nicht schlecht mit all der Nächstenliebe und so. Nach bestandener Messdienerprüfung erfolgte der Alltag. Es waren Gruppen von je zwei Messdienern zusammengestellt, die dann für eine Woche den Dienst zu versehen hatten, das waren sechs Mal in der Woche Frühmesse, sechs Mal Abendandacht, Kindstaufen, Beerdigungen und die Sonntagsmessen. Alles in allem gesehen, hat es kaum Zeit für etwas Anderes gelassen. Was anfänglich neu war, wurde bald Gewohnheit. Jeden Tag Heilige Messe, oft Kindstaufen oder Beerdingungen, hin und wieder eine Vermählung. Aber am meisten die Heilige Messe. Wir Messdiener wurden nach einer Woche ausgewechselt, aber der Pfarrer oder Kaplan hatte täglich Dienst. Es erschien mir oft so, dass sie gleich einem Handwerker, der schon jahrelang die gleiche Arbeit verrichtete, in eine gewisse geistesabwesende Routine verfallen sind und die Messe mechanisch abspulten.

Auch unsere christlichen Besucher benahmen sich sonderbar. Während sie vor der Kirche noch lachten und schwatzten, senkten sie im Kircheninneren das Haupt und machten ein sehr ernstes Gesicht. Sie hatten vergessen, dass sie gekommen waren, um die Heilige Messe zu feiern. Ihren Gesichtern war absolut nichts Feierliches anzusehen. Ihrem Aussehen nach waren sie eher in einem Jammertal.

Bedenkenlos sangen sie alle Lieder mit, ohne sich auch nur im Geringsten um die Aussage des Textes zu kümmern. Sie sprachen Gebete nach, ohne erstaunt einzuhalten und zu überlegen, was habe ich eben gesagt? Herr vergib uns unsere Schuld, so wie auch wir vergeben unseren Schuldigern. Soweit käme es noch, unseren Schuldigern vergeben!

Beerdigungen waren immer etwas Schweres. War ein Ehepartner oder ein Kind zu beklagen, gab es keinen Trost, weder Pfarrer noch Freund oder Verwandter konnten den Kummer lindern. Ich sah manchmal die Hinterbliebenen am Grabe stehen, die Augen waren rot verweint und konnten keine Tränen mehr geben. Einzig allein die Zeit konnte helfen. Der Pastor versuchte zwar mit dem Hinweis auf das ewige Leben, die Nähe zu Gott und ein Leben im Paradies den Schmerz erträglich zu machen, aber für mich hatte das alles einen faden Beigeschmack.

Schöner waren die Kindstaufen. Zuerst wurden Eltern, Paten und der Säugling an der Eingangstür der Kirche empfangen. Wegen der Erbsünde durfte der kleine Wurm die Kirche nicht betreten, er war ja unrein. Dann besprengte ihn der Pfarrer mit Weihwasser und sagte die folgenschweren Worte: „Weiche von ihm, böser Geist", besprengte ihn abermals mit Weihwasser und der Kleine durfte jetzt in das Innere der Kirche an das Taufbecken. Ich dachte mir an der Stelle immer, entweder ist der Pfarrer 'ne Wucht oder der böse Geist ein Schwächling. Jetzt wurde getauft, die Paten sprachen anstelle des Babys das Getreuegelöbnis zur Kirche, einige Formulare wurden ausgefüllt und die Messdiener bekamen Bonbons und ein Trinkgeld. Dieses

Geld durften wir behalten. An anderer Stelle mussten wir es abliefern, zum Beispiel an Ostern.

Von Gründonnerstagabend bis einschließlich Ostersamstag läuteten keine Kirchenglocken, weil sie angeblich auf einer imaginären Reise nach Rom waren. In dieser Zeit zogen die Messdiener mit Klappern und Rasseln, die meistens aus meines Vaters Werkstatt stammten, durch die Straßen, um die Gläubigen zur Messe oder Andacht zu rufen. Etwa alle hundert Meter verweilten sie, machten mit den Rasseln und Klappern ein Mordsspektakel und riefen dann mit vereinten Kräften im schönsten Dialekt: „Ihr Leit, es leit zum erschde Mol, die Mess die get um sechs Uhr on." Dann wieder Gerassel und wieder hundert Meter weiter das gleiche Spiel. Nur böse Zungen behaupteten, dass bei dorfbekannten Atheisten besondert viel Krach gemacht wurde.

Ostersonntag waren die Kirchenglocken wieder da und der Spuk hatte ein Ende. Ostermontag gingen alle Messdiener mit Waschkörben durch die Straßen, läuteten an allen Türen und sagten folgenden Spruch: „Wir haben gekläppert, frisch und frei, und bitten um ein Osterei." Meistens bekamen sie eine handvoll frischer oder gefärbter Eier, selten Bargeld. Das Bargeld musste abgeliefert werden, die Eier wurden aufgeteilt. Die Hälfte aller Eier bekam das Kloster, die andere Hälfte die Messdiener anteilmäßig. Einmal jährlich gab es einen Messdienerausflug. Der Bus, in dem mir regelmäßig schlecht wurde, fuhr uns entweder nach Trier zur Porta Nigra und anschließend in eine Kirche zum Beten oder nach Koblenz ans Deutsch Eck und anschließend in eine Kirche zum Beten. Andere Ziele gab es nicht.

Die Weihnachtszeit brachte auch einige Aufregung mit sich. Ein großer Christbaum zierte die Kirche. Darunter war eine riesige Krippe aufgebaut mit sehr vielen Figuren, von denen eine jedoch besondere Aufmerksamkeit erregte. Ein Neger mit Turban saß in der Hocke, in seinem Schoß war ein Schlitz für Münzen. Warf man eine hinein, so wackelte der Mohr dankbar mit dem Haupt. Ich glaube, jedes Kind im Dorf hatte sicherlich schon mal eine Münze hineingeworfen. Weiterhin wurde ein Krippenspiel einstudiert. Die beliebtesten Rollen waren Josef und Maria. Da es keine weiblichen Messdiener gab, mussten die Engel und Maria von Knaben gespielt werden, was für denjenigen nicht immer lustig war. Ich bekam es selbst am eigenen Leibe zu spüren, als ich angehalten war, einen Engel zu mimen. Da stand ich im weißen Kleidchen, dem Hohn meiner Kameraden ausgesetzt: „Oh schaut nur, welch ein hübsches Mädchen." Bis mir der Kragen platzte und ich schrie: „Ich bin ein Engel, Ihr Arschlöcher." Aber irgendwie hat es am Weihnachtsabend doch immer wieder geklappt und so manche Oma hat ein paar Tränen der Rührung vergossen.

9. Kapitel

Bis zum Eintritt ins Berufsleben bin ich den Messdienern treu geblieben. Bei Oma Anna hat mir der Status als Messdiener nur Vorteile gebracht. Sonntags pflegte mein Vater, wie die meisten ihrer Kinder, ihr gelegentlich einen Besuch abzustatten, sich nach dem werten Befinden zu erkundigen und nach einer Tasse Kaffee wieder zu verschwinden. Bei diesen Besuchen war ich als Messdiener ein gern gesehener Gast, konnte sie doch den weiten Weg zur Kirche nicht mehr allzu oft bewältigen. So ließ sie sich gerne von mir den Inhalt der Predigt wiederholen, und als Messdiener verfügte ich ab und an über etwas Insiderwissen, was begierig angenommen wurde. Als Belohnung gab es den üblichen Kranzkuchen und als Extra, was eine große Ausnahme war, hundert Franken. Für diese Summe erhielt man in jener Zeit vier kleine Glas Bier oder einen Weck, einen halben Liter Milch und einen Handkäse. Also für meine Verhältnisse eine ganz beträchtliche Summe.

Die Neuigkeit ist eingeschlagen wie eine Bombe. Vater kam nach Hause und eröffnete uns, dass wir ein Haus bauen würden. Den Bauplatz hätte er schon im Auge, es sei noch einiges zu klären, aber er würde dran bleiben. Vater war damals in der Kommunistischen Partei, die zwar nur eine handvoll Mitglieder zu verzeichnen hatte, aber zwei von ihnen hatte die Bevölkerung durch die Gemeinderatswahl in den Gemeinderat gewählt, und einer davon war mein Vater. Nun war es so, dass ausgerechnet die beiden Sitze oft das Zünglein an der Waage waren und bei wichtigen Abstimmungen sehr umworben wurden, was sie sicherlich ab und zu auch ausgenutzt hatten, um ihre parteilichen Ziele in den Vordergrund zu stellen oder um einen schönen Bauplatz günstig zu erstehen. Aber sicherlich hatten sie immer das Wohl der Bevölkerung im Auge.

In gewissen Abständen trafen sie sich immer zu Versammlungen. Einmal auch in unserer Wohnung. Irgendwie war es geheimnisvoll, wir Kinder wurden hinausgeschickt, es musste etwas zum Trinken bereitstehen und Mutter hatte ein paar Häppchen gerichtet. Die Herren trafen nach und nach ein, insgesamt fünf an der Zahl. Einige waren mir bekannt, der Hausmeister der Knabenschule, ein Elektriker, ein Arbeitsloser, der keine geregelte Beschäftigung vertrug, ein mir unbekannter und mein Vater. Da das Ganze auf mich geheimnisvoll wirkte, konnte ich nicht umhin, die Türe einen winzigen Spalt aufzulassen, um zu lauschen. Der Fremde, offensichtlich ein ranghöherer Funktionär aus einem Nachbardorf, war am Tischende und beabsichtigte, die Versammlung zu leiten. Er stand auf: „Genossen…", hub er an, und dann habe ich nicht mehr hingehört. Das Wort „Genossen" hat mich arg belustigt und ich konnte das Ganze nicht mehr ernst nehmen. Es kam mir vor, als würden Erwachsene „Räuber und Gendarm" spielen. Irgendwann hat mein Vater dann die Partei verlassen. Er hatte eine neue Arbeitsstelle angetreten, die, da er nun im Staatsdienst tätig war, sich günstiger für ihn gestaltete. Die Kommunistische Partei war mit dem Staatsdiener nicht mehr zu vereinbaren und man hatte ihm nahe gelegt, dieses Kapitel abzuschließen, was er auch tat.

Eines schönen Sonntagmorgens erfuhr die sonst so übliche Sonntagsroutine eine Änderung. Nach Kirchgang, Besuch bei Oma Anna, über die Predigt reden und Kuchen essen, gingen wir alle zum Lumpenberg. Der Name Lumpenberg entstand aus Lampenberg. Für die Bergleute war das der Weg zur Grube, und bei Dunkelheit zündeten sie ihre Laternen an und man konnte vom Dorf aus kleine leuchtende Lichtpunkte über den Berg ziehen sehen. Der Volksmund verwandelte im Laufe der Zeit den Lampenberg zum Lumpenberg. Dort waren durch Markierungen etwa vierzig Bauplätze abgesteckt. Einer davon, unmittelbar am Wald gelegen, sollte der unsere sein. Nun standen wir auf „unserem Bauplatz", konnten von hier aus über die Dörfer der Umgebung schauen, die nahe Stadt sehen und bei guter Sicht bis nach Lothringen hinein. Es war ein erhebender Moment. Von der finanziellen Planung haben wir Kinder nichts mitbekommen. Wohl wussten wir, dass wir mit weltlichen Gütern nicht besonders gesegnet waren.

Als der Jüngste der Kinder hatte ich stets die Kleider meines Bruders aufzutragen, wie gerne hätte auch ich einmal etwas Neues gehabt, aber das war selten der Fall. Auch die Schuhe wurden auf diese Weise bis zum vollständigen Verfall verwertet. Auf genaue Passform, die für das Wachstum der Kinderfüße sehr wichtig ist, hat niemand besonderen Wert gelegt, was meinen Füßen heute noch anzusehen ist. Das Schuhwerk bestand aus ledernen, hohen Schuhen, die auf der Sohle mit kräftigen Nägeln beschlagen waren, um dem Abrieb entgegenzuwirken. Vorne und an der Verse waren halbrunde Eisen angenagelt. So war eine lange Lebensdauer zu erwarten. Die Schuhe wurden zur Schule, zur Kirche und im Winter getragen. Von Mai bis Oktober wurde meistens barfuss gelaufen. Im Herbst gab es dazu die nicht sehr beliebten hohen Strümpfe. Sie wurden unter der kurzen Hose getragen und waren mittels Strapse an der Unterhose befestigt. Diese Unterhose war eine so genannte Leib- und Seelenhose mit Strapsen. Unterhemd und Unterhose waren ein Kleidungsstück, das hinten am Gesäß einen größeren Schlitz hatte, um sich des Stuhlgangs zu entledigen, ohne sich ganz ausziehen zu müssen. Es gab die gleiche Ausführung für Jungen und Mädchen. Frisörarbeiten wurden von den Müttern verrichtet und irgendwie sahen alle Frisuren nach Topfform aus.

Unsere Ernährung war bestimmt von Kartoffeln. Ich glaube, wir haben im Laufe eines Jahres zehn Zentner von diesen Knollen auf alle möglichen Zubereitungsweisen verdrückt. Gebraten, gekocht, püriert, als Puffer, Quellkartoffeln und nicht zuletzt als die Leibspeise der Saarländer, den „Dibbelappes". Den mochte ich überhaupt nicht. Es war so eine Art Reibekuchen, der, dick und mächtig, eine ganze Bratpfanne ausfüllte und nach meinem Dafürhalten abscheulich schmeckte. Meinen Vater rührte das wenig, er aß ihn gern und was auf meinem Teller lag, musste aufgegessen werden, da gab es kein Pardon. Ich hasste es, wenn er mit seiner Gabel auf meinen Tellerrand klopfte, mich streng ansah und seine Mine kein Erbarmen ausdrückte. Ich konnte würgen und Tränen in den Augen haben, es musste runter. Das Gleiche galt für Tomaten, die ich übrigens heute noch nicht mag, es sei denn, es sind holländische aus dem Gewächshaus, die schmecken nicht so sehr nach Tomate.

Oder „Gefüllte", das war eine Art rohe Klöße gefüllt mit Leberwurst. Alle diese Gerichte kamen zu meinem Leidwesen hin und wieder auf den Tisch, und da mein Vater der Meinung war, etwas übrig zu lassen sei Verschwendung, musste ich es halt hinunterwürgen. Das andere, was täglich auf unserem Speiseplan stand, war Rübensirup. Ein dunkelbrauner, zuckersüßer und klebriger Brotaufstrich, der nicht schlecht mundete, aber, da er oft ohne Margarine aufgetragen wurde, das Brot durchdrang und als Pausenbrot unansehnlich machte. Ich war stets bestrebt, mein Brot abseits zu mir zu nehmen, so konnte ich unbeobachtet essen. Manch andere Kinder hatten öfter etwas anderes als Brotbelag, und ab und zu wurden Pausenbrote ausgetauscht. Ich war jedoch ausgeschlossen, mit meinen Briketts wollte keiner tauschen. Kurzfristig gab es sogar kostenlose Milch für alle Schulkinder. Ursächlich waren ernährungsbedingte Mangelerscheinungen bei einigen Kindern. Aber die Aktion war nicht von Dauer und wurde nach circa einem Jahr wieder abgesetzt.

10. Kapitel

Doch heute standen wir auf dem Bauplatz und von unten vom Dorf her klang die Musik der Kirchweih, im Volksmund die Kirmes genannt, die einmal Ende Juni zu Ehren des Kirchenpatrons Johannes abgehalten wurde. Hatten wir ohnehin kein Geld übrig, um der Kirmes einen Besuch abzustatten, so war jetzt mit dem Hausbau erst recht nicht daran zu denken. Aber nun trugen wir es mit Patriotismus im Herzen.

Der Bauplan war bereits angefertigt, eine von meines Vaters Freund handgefertigte Zeichnung mit Außenmaßen, Lage der Zwischenwände und Skizze der elektrischen Leitungen, deren Genehmigung in kürzester Zeit vom Bauamt der Gemeinde bestätigt wurde. Von Statik wollte damals niemand etwas wissen. Ich habe circa vierzig Jahre später gebaut. Eine Flut von Vorschriften, Paragraphen und DIN-Vorschriften hat dazu geführt, dass ich für die Genehmigung des Planes über ein halbes Jahr benötigte. Ferner bestand man auf einer Statik und noch einer Prüfstatik, die abermals die gleichen Kosten verursachten. Wäre das in den fünfziger Jahren ebenso der Fall gewesen, hätte kein Wirtschaftswunder stattgefunden.

Um kostengünstig zu Steinen für das Mauerwerk zu kommen, hatte Vater, wie er glaubte, eine grandios einfache Idee. Schaute man von unserem Bauplatz nach links, sah man einen Wald, der, da der Lumpenberg der höchste Punkt war, stetig nach unten abfiel. Am Fuße des bewaldeten Berges hatte die Grubenverwaltung riesige Schlacken und Kohlereste zu Halden aufgeschüttet. Diese Bergehalden hatten sich durch Druck selbst entzündet und sind im Laufe der Zeit ohne Flammenbildung innerlich ausgeglüht und es entstand rote Brasche. Diese roten Verbrennungsrückstände waren, mit Bindemittel versehen, ein hervorragender Baustoff. Ein Kaminsteinwerk hatte sich bereits angesiedelt und fertigte Hohlblocksteine und Kaminsteine.

Mit Hilfe eines Handwagens, so war Vaters Idee, sollten wir nun täglich die zwei Kilometer zur Bergenhalde fahren, den Karren bis oben voll laden, den Berg hinaufziehen zum Bauplatz, abladen und wieder von neuem. Das Ganze vier bis fünf Mal am Tag. Mit der von Vater angefertigten Steinform sollten dann die Steine betoniert werden und nach einigen Trockentagen zum Vermauern gelangen.

In der Tat begannen wir auch auf diese Art und Weise. Genau erinnere ich mich an die erste Tour, fröhlich, voller Idealismus hinab und mit gefülltem Wagen den Berg hinauf und dann die Enttäuschung, als wir den Handwagen ausleerten und auf dem riesigen Bauplatz ein winziges Häufchen Brasche zu sehen war. Ohne uns entmutigen zu lassen, mit zusammengepressten Lippen, fuhren wir drei Tage. Dann ging es ans Steineformen. Nachdem die ersten Steine trocken waren, mussten wir feststellen, dass die Haltbarkeit der Steine weit unter unseren Erwartungen lag. Sie waren einfach unbrauchbar.

Unsere Pläne mussten eine Änderung erfahren. Da wir nicht die Einzigen waren, die einen Platz in diesem Baugebiet erworben hatten, war es sinnvoll zu schauen, wie es die anderen so machten. Wir waren zwar eine der Ersten, die begonnen hatten, aber hier und da waren schon Aktivitäten anderer Häuslesbauer zu erkennen. Die meisten fertigten ihr Kellergeschoss aus Beton. Erst wurde ausgeschachtet, dann eingeschalt und betoniert. Und da alle merkten, wenn man sich gegenseitig hilft, geht die Arbeit schneller von der Hand; einer kann von des anderen Erfahrung profitieren und letztendlich waren größere Fortschritte zu beobachten; wurde es Sitte, wenn es ans Einschalen oder Betonieren ging, dass zusammen gearbeitet wurde.

Auch beim Beton schaute man, wie noch irgendwie die Kosten zu senken waren. Kies, aber auch Zement waren in diesen Jahren verhältnismäßig teuer. Aber was genügend zur Verfügung stand, waren gesprengte Luftschutzbunker. Gesteinsbrocken, die der Größe nach in die Schalung passten, mussten von uns im Handwagen herbeigekarrt werden und wurden dann beim Betonieren in die Schalung unter den Beton eingebracht und verminderten so die Kosten. Ganz ungefährlich war die Umherkletterei in den gesprengten Bunkern nicht, denn die in alle Himmelsrichtungen ragenden Eisenarmierungen bargen eine große Verletzungsgefahr. Ich habe noch heute eine Narbe am Knie als Erinnerung.

Auf diese Weise wuchsen die Häuser in der Nachbarschaft in gleichem Maße, die Leute kamen sich näher, die Kinder spielten miteinander, aber nur, wenn die Arbeit verrichtet war. Ganz zaghaft wurde sich gelegentlich gegen Abend zusammengesetzt, ein paar Bier getrunken und ein Stück Lyoner an einem Stock über einem Feuer gegrillt. Mein

Vater beherrschte von seiner Marinezeit her noch das Gitarrenspiel und manchmal entwickelte sich ein wunderschöner Abend, der die Strapazen vom Bau vergessen ließ und das Nachbarschaftsgefüge festigte.

Nach etwa drei Monaten war bei den meisten Häusern die Kellerdecke aufgebracht. Von nun an war der Weiterbau unterschiedlich. Manche schienen über mehr Kapital als wir zu verfügen. Sie kauften Hohlblocksteine vom nahe liegenden Steinwerk und mauerten ihr Erdgeschoss und die Giebelwände in verhältnismäßig kurzer Zeit hoch. Wir jedoch mussten dank unseres Vaters guter Ideen unendlich viele Steine putzen. Aufgrund des Zweiten Weltkrieges, der Gott sei es gelobt ja nun vorüber war, lag halb Saarbrücken noch in Schutt und Asche. Man war dabei, Ruinen abzureißen, um Platz zu schaffen für den Wiederaufbau. Lastwagenweise wurde der Abbruch zu unserer Baustelle gekarrt, und wenn die Schule zu Ende war, saßen Mutter, mein Bruder und ich vor riesengroßen Steinhaufen, und mit Hammer und Gipserbeil wurden Ziegelsteine vom restlichen Mörtel befreit, um sie wiederum zum Mauern verwenden zu können. Auf diese Weise wurde der Rest des Mauerwerks bis zur Giebelspitze kostengünstig fertig gestellt. Einer meiner vielen Onkel verstand sich so leidlich aufs Mauern und war fast täglich auf der Baustelle, und nach nicht allzu langer Zeit ragten die Giebelmauern gegen den Himmel.

Das nächste Problem war nunmehr das Dachgebälk. Sicher konnte man bei einem Zimmermann die Balken zugeschnitten ordern und auch aufschlagen lassen. Das hätte jedoch unseren Kostenrahmen gesprengt. Zudem verstand mein Vater sein Handwerk als Bau- und Möbel-schreiner und trachtete danach, seinen Dachstuhl selbst aufzuschlagen.

Zunächst war es unumgänglich, tagelang durch den be-nachbarten Wald zu streifen, um geeignete Bäume ausfindig zu machen und zu kennzeichnen. Danach sollte in einer Nacht- und Nebelaktion der Einschlag und Abtransport unseres Dachstuhls erfolgen. Erwischen sollte man sich da-bei nicht lassen, denn Holzdiebstahl war auch in jener Zeit verboten. Aber wir wurden erwischt. Plötzlich stand ein Förster mit einer Flinte bewaffnet hinter uns. Unbemerkt hatte er sich, da wir mit dem Fällen der Bäume sehr in An-spruch genommen waren, nähern können. Nun war guter Rat teuer. Der Forstmann sah uns, meinen Vater, meinen Bruder, mich und einen Nachbarn, eine Weile an, schaute zurück zu meinem Vater, stutzte und verlangte, er solle seine Mütze ausziehen. Die beiden schienen sich irgendwie zu kennen. Nach kurzer Zeit Gedächtniserforschung war es sicher. Während der Gefangenschaft waren beide in Frank-reich im gleichen Gefangenenlager, sie erkannten sich wie-der, lagen sich in den Armen und waren hocherfreut, sich nach Jahren wieder zu begegnen.

Zu jener Zeit war Vater Nichtraucher, und so überlies er seinem Kameraden, dem jetzigen Forstmann, der damals ein starker Raucher war, stets seine Zigarettenration. Dieser versprach hoch und heilig, kämen sie aus dem Lager jemals wieder heraus, wolle er Vaters Großzügigkeit nicht verges-sen. Dieser Umstand war sehr günstig für uns, von Strafe war jetzt keine Rede mehr. Vater erzählte, wir seien beim

Bauen und die geschlagenen Bäume seien als Dachstuhl gedacht. Der Einschlag wurde akzeptiert, nur rügte er bei einigen Bäumen die Qualität und versprach, mit Vater gemeinsam nach besseren Exemplaren Ausschau zu halten. So war der Dachstuhl bald zugeschnitten und aufgeschlagen. Der Forstmann war zum Richtfest anwesend und es wurde kräftig gefeiert. In Zukunft, so verlangte er, solle einer von uns Kindern jeweils einige Tage vor Weihnachten bei ihm zu Hause vorbeikommen, um kostenlos den schönsten Weihnachtsbaum in Empfang zu nehmen, und zwar so lange, bis einer von ihnen, nämlich er oder mein Vater, gestorben sei. So wurde es auch gehalten, so lange ich zu Hause wohnte.

Aber ein Vergnügen war es eigentlich nicht, zog sich doch der Weg hin zum Forsthaus ins benachbarte Revier über eine Stunde und der Rückweg, trotz des besonders schönen Weihnachtsbaumes, war eine Plage. Gerne erinnerte ich mich an die Zeit, als wir unseren Weihnachtsbaum einfach im nahe liegenden Wald gemopst hatten und die ganze Sache in einer Viertelstunde erledigt war.

Die Dachziegel zu beschaffen, erwies sich gewisse Zeit als problematisch. Aber mit Hilfe von netten Verwandten wurde auch das gelöst, und der Hausbau neigte sich allmählich dem Ende zu. Wasserrohre verlegen, Elektroarbeiten, Gipsen und Scheinerarbeiten wurde alles in Eigenleistung vollbracht. Auch ein Badezimmer gab es. Eine richtige Badewanne, ein Holzbadeofen für warmes Wasser und zwei Toiletten mit Wasserspülung, jeweils eine im Erdgeschoss und eine im Obergeschoss, waren Anzeichen von Luxus, da im Großteil der älteren Häuser die Toilette im Garten Alltag war.

Für die Toiletten war, da unser Ort noch keine Kläranlage besaß, eine Klärgrube mit zwei Kammern im Hof gleich neben dem Hausgarten ausgehoben worden. Sie waren mit einem stabilen Eisendeckel verschlossen und nur bei Bedarf, sei es wir brauchten Dünger für den Garten oder die Grube ist einfach zu voll geworden, wurde sie geöffnet und mit einem an einer langen Stange befestigten Blecheimer die Gülle in den Garten gebracht. Es roch nicht sehr fein und tagelang sträubte ich mich, Salat oder Gemüse aus dem Garten zu essen. Mein Vater nannte diese Prozedur „Honig schleudern".

Das mit der Badewanne hatte ich mir schöner vorgestellt. Praxis war, wenn Samstag Badetag war, stiegen zuerst Mutter, dann Vater und zuletzt wir Kinder in die Wanne, aber zu unserem Leidwesen in dasselbe Wasser, das zwischenzeitlich von Schmutz und Seifenresten schon eine graublaue Färbung angenommen hatte. Nach dem Bade hatte das Wasser noch nicht ausgedient, mit Gießkannen wurde es zum Gemüsegarten befördert, um unserem Gemüse und den Kartoffeln Feuchtigkeit zu spenden.

Gerne erinnere ich mich an den Tag des Umzugs in unser neues Heim. Die meisten kleineren Möbelteile sind schon Tage vorher so nach und nach mit dem Handwagen zum Neubau befördert worden. Unser Handwagen war eine besondere Konstruktion: Vorder- und Hinterteil des Wagens waren mittels eines längeren Eisenrohrs verbunden, das in der Länge variabel durch eines Splint zu verstellen war. So konnten auch größere und sperrige Teile transportiert werden. Zuerst störten mich die neugierigen Blicke der Umstehenden, aber bald gewöhnte ich mich daran, schließlich transportierte man in jener Zeit meistens auf diese Art und Weise. Am Umzugstag wurde ein Lastwagen geordert, auf dem Küchenschrank, Schlafzimmerschränke und Öfen zum Neubau transportiert wurden. Besonders viele Möbel hatten wir ja nicht, und Geld für neue stand auch nicht zur Verfügung.

Aber nun hatte ich ein eigenes Zimmer. Darin stand ein Kleiderschrank, ein Bett und ein Nachtschränkchen. Alles Handarbeit meines Vaters aus massivem Holz. Ich hatte ein Fenster zum Garten und fühlte mich in meinem Reich zufrieden und geborgen.

11. Kapitel

Einige Wochen später sind wir dann noch zu einem Hund gekommen, des Försters Foxterrier bekam einen Wurf Junge, und einer davon sollte nun uns gehören. Ich hatte den Kleinen sofort ins Herz geschlossen und merkte, dass ich auf Gegenliebe stieß. Wenn ich morgens die Schulbank drückte, leistete er Mutter Gesellschaft, und am Nachmittag streifte er mit mir durch den Wald, der in unmittelbarer Nähe unseres Gartens begann. Versuche, ihn zu dressieren, habe ich unterlassen. Er hörte, wenn ich ihn rief und setzte sich hin, wenn ich „Platz" sagte. Als Nahrung bekam er, was vom Mittagessen übrig blieb, und er war weniger wählerisch als ich, er schluckte alles. Am meisten faszinierte mich damals seine Gabe, mich in jedem Versteck aufzufinden. Als Elfjähriger hatte ich noch keine Vorstellung von dem gut ausgebildeten Geruchsinn der Hunde. Oft habe ich ihn vor dem nahen Tannenwald abgesetzt und ihm befohlen zu warten, was er auch immer brav tat; schien ich dann sehr gut versteckt, so dass mich keiner mehr finden konnte, habe ich einmal kurz gepfiffen und in überraschend kurzer Zeit war er hocherfreut bei mir. Ich glaube, er hat das Spiel auch gemocht.

Nach einigen Monaten ist er krank geworden, nahm keine Nahrung mehr zu sich, die Augen waren vereitert, und er hatte für nichts mehr Interesse. Dazu trat noch eine Lähmung der Hinterbeine ein. Trotz der zu erwartenden Kosten holte man einen Tierarzt, der Staupe diagnostizierte. Viel

Hoffnung machte er uns nicht, gab dem Hund eine Spritze und ließ uns mit großer Ungewissheit zurück. Jeden Tag nach der Schule habe ich stundenlang an seinem Krankenlager gesessen, ihn gestreichelt und mit ihm geredet. Mutter hat versucht, ihn mit kräftiger Hühnerbrühe und leichter Kost wieder zur Nahrungsaufnahme zu bewegen, und ab und zu habe ich ein Stoßgebet zum Himmel geschickt.

War es die viele Zuwendung, das Stoßgebet oder die Hühnerbrühe, ich kann es nicht sagen. Jedenfalls ist unser Haushund wieder zu Kräften gekommen, zeigte Interesse für seine Umgebung und war auf dem Wege der Genesung. Was nicht in die Gänge kommen wollte, waren seine Hinterläufe. Er hatte keine Kraft darin und konnte nicht laufen. Abermals war die Angst groß. Jedoch aufgegeben haben wir nicht. Vater zimmerte aus Holz und Leder ein Gestell mit zwei kleinen Rädern, welches unter seinen Bauch, unmittelbar vor seine Hinterläufe, geschnallt wurde, so dass seine Pfoten gerade so die Erde berührten. Mit etwas Geduld und Übung haben wir es geschafft, dass er sich auf diese Art fortbewegen konnte. Morgens bekam er seine Prothese angeschnallt, und abends wurde er davon befreit. Er wurde immer geschickter und flinker, man konnte bemerken, dass seine Hinterläufe nach und nach wieder aktiv wurden, und es war abzusehen, wann er wieder ohne Prothese laufen konnte. Nach einigen Wochen hatte er es geschafft. Er war zwar nicht mehr so schnell wie vorher, aber für den Briefträger hatte es allemal gereicht.

Nachdem das Haus einigermaßen wohnlich eingerichtet war, ging es gleich an den Bau eines Hühnerstalles, und der Hausgarten wurde angelegt. Einige Apfelbäume wurden angepflanzt, und Johannisbeer- und Stachelbeersträucher zierten die Gartenpfade. Was ohne Zweifel noch fehlte, war ein Hasenstall. Er würde Vaters Traum vom Selbstversorger vervollständigen. Also sammelte er Bodenbretter aus Abrisshäusern und karrte sie nach und nach zu uns nach Hause in die Werkstatt, die er zwischenzeitlich im Keller eingerichtet hatte.

Guten Mutes und auch mit viel Freude zimmerte er dann einen Hasenstall mit fünf Käfigen, alle mit Gefälle nach hinten zur Ablaufrinne, Drahtgitter an den Türen und Teerpappe auf dem Dach für den Regen. Wir Kinder durften Hand anlegen, und alle waren guter Dinge. Nach einigen Tagen war das Prachtstück fertig und wir huben an, es nach draußen an seinen Bestimmungsplatz zu befördern. Doch wie wir auch drehten, hoben und schoben, der Kasten war einfach zu groß, um ihn zur Kellertüre hinauszubekommen. Vaters Unmut wuchs sichtbar, wir Kinder machten uns aus dem Staub. Aus sicherer Entfernung hörten wir es krachen und splittern. Hasen hatten wir später auch nicht und haben dennoch überlebt.

Die sonntäglichen Besuche bei Oma Anna waren inzwischen zur Routine geworden. Zwischen Kirchgang und dem sonntäglichen Mittagessen zu Hause sind wir vorstellig geworden, haben von Kirche und unserem Wohlbefinden erzählt, so manch anderen unserer Verwandten angetroffen, die inzwischen auch für mich Formen annahmen, da ich sie besser kennen lernte und es durchweg nette Menschen waren. Besonders die älteste Tochter von Oma Anna war

oft zugegen, da sie mehr und mehr im Haushalt der Großmutter zur Hand gehen musste, aber keine Anerkennung
erfuhr, im Gegenteil; man konnte Oma Anna nicht alles
Recht machen und oft hatte sie an etwas rumzumäkeln.
Aber ihre Tochter trug es mit Fassung.

12. Kapitel

Eines Tages, als Großmutter alleine war, hatte sie, da alle Öfen im Hause mit Kohle gefeuert wurden, einen Eimer Kohle aus dem Keller holen wollen und ist auf der Kellertreppe gestürzt. Sie hatte sich mit nahezu neunzig Jahren das Schlüsselbein gebrochen und war nunmehr ans Bett gefesselt. Die Einlieferung ins Krankenhaus hat sie kategorisch abgelehnt. Sie war der Ansicht, wenn Gott wünschte, dass sie genesen sollte, könne sie das auch zu Hause. Tatsache war, dass es ihr immer schlechter ging. Ihre so schon hageren Wangen fielen ein, die Nase wurde spitz, und das Ende war abzusehen. Ihre Kinder waren jetzt täglich da und sie brachten auch manchen Enkel mit. Damit war das Haus oft hoffnungslos überfüllt, so dass ein Teil der Krankenbesucher draußen spazieren mussten, bis die andere Hälfte mit dem Besuch geendigt hatte.

Großmutter hat ihren nahen Tod gefühlt. Eines Tages bestellte sie alle ihre Kinder ins Krankenzimmer, ermahnte sie zu einem ehrenhaften und gottesfürchtigen Leben und entließ sie alle bis auf die älteste Tochter. Sie blieb und hat ihr die Stirn gekühlt und die Hand gehalten. Eine Stunde später ist Oma Anna verstorben. Sie starb mit dem Segen der Kirche und im festen Glauben an ein Leben im Paradies. Da sie ein erfülltes Leben und ein gesegnetes Alter erreicht hatte, war keiner so richtig traurig. Sie wurde in der Gruft ihres Mannes beigesetzt, und später war ich noch oft an ihrem Grab und habe mich gefragt, wie es ihr wohl so geht, im Paradies.

Einige Tage später sollte ich den Handkarren bereitmachen. Mit würdigem Gesicht wurde uns erklärt, es ginge nun ans Erben. Ich war furchtbar neugierig. Erben? Wie das wohl geht? Wir sind also der Straße entlang Richtung Großmutters Haus. Der Handkarren rappelte bedeutungsschwer hinter uns her. Als wir am Haus ankamen, waren schon alle Onkel und Tanten anwesend. Nun war es so geregelt, dass das Haus von dem Onkel, der bereits darin wohnte, übernommen werden sollte und er die anderen anteilmäßig auszuzahlen hatte. Das andere Inventar aber wurde jetzt unter den Kindern verteilt.

„Nimm du das Kreuz, das wolltest du doch immer schon, oder?" „Ich könnte das Besteck gebrauchen." Eine der Töchter hatte Oma Annas Konfektionsgröße und hat sich manches Kleidungsstück angeeignet. So ging es, durchaus friedlich, bis die Wohnung fast leer war. Danach zuckelten wir mit der Erbschaft, die meiner Ansicht nach mehr oder weniger aus rührseligen Erinnerungsstücken oder altem Tand bestand, nach Hause. Mancher Nachbar, der wusste, dass wir Erben waren, schaute uns neugierig nach und dachte sich seinen Teil.

Der Schulweg hatte durch den Wohnungswechsel bedeutend an Länge zugenommen. Aber im Laufe der Zeit fanden sich Abkürzungen. Die Gartentore waren zu jener Zeit nicht verschlossen und so nutzte ich die Gelegenheit, indem ich zwei Hausgärten, die in Richtung Schule lagen, als Schulweg nutzte. Die Eigner hatten nichts dagegen, ich grüßte recht freundlich und ging meines Weges, sie sahen mir anfänglich fragend nach, gewöhnten sich aber an meinen Anblick. Störend wirkten die Bienenstöcke, die in einem Garten direkt am Pfad postiert waren. Anfänglich ging ich mit äußerster Vorsicht daran vorbei. Später legte sich meine Furcht. Soweit ich mich erinnern kann, bin ich auch nie gestochen worden. Der Hausherr versicherte mir, seine Bienen seien die friedlichsten auf der Welt und seien übrigens leicht zu erkennen, denn er hätte allen rote Söckchen angezogen.

Die Schule begann mir, nachdem ich mich mit den Gepflogenheiten vertraut gemacht hatte, Freude zu machen. Besonders fand ich Gefallen am Französischunterricht, der verstärkt gefördert wurde, da das Saarland zwar autonom war, aber mit Frankreich in enger wirtschaftlicher Verbindung stand.

Da ich Talent und Freude am Zeichnen hatte, oblag es mir, in der Pause vor der Französischstunde das jeweilige Thema mit bunter Kreide auf die Tafel zu bringen. Dans le jardin oder La gare und mit Hilfe dieser Bilder gestaltete die Lehrerin dann den Unterricht. Ich entwickelte eine große Fertigkeit im Zeichnen und war sicher, dass ich es später zu meinem Beruf machen würde.

Ein Missgeschick ereignete sich dennoch, so dass einige Zeit dunkle Wolken den Schulgang trübten. Eines Morgens war Unruhe in der Klasse. Die Lehrerin griff sich daraufhin den Erstbesten heraus, um ihm exemplarisch am Ohr zu ziehen und damit die gewünschte Aufmerksamkeit wieder herzustellen. Der Erstbeste war unglücklicherweise ich. Dummerweise hatte ich dazu an diesem Tage Ohrenschmerzen und war, was sehr wichtig zu erzählen ist, an der Unruhe im Klassenraum in keinster Weise beteiligt. Meine Reaktion kam prompt. Ich kann nicht mehr sagen, ob der Schmerz oder die Ungerechtigkeit der Auslöser waren. Jedenfalls habe ich ihr mit meinen beschlagenen Schuhen ans Schienbein getreten. Was mir im gleichen Augenblick zwar leid tat, aber nicht mehr rückgängig zu machen war.

Die Aufregung war riesig. Alle Beteuerungen, dass es mir leid täte, ich doch Ohrweh hätte und ich doch nichts verbrochen hätte, fruchteten nichts. Zuerst musste ich ein Stockwerk höher zu ihrem Mann, der mich zur Belustigung seiner Klasse über das Pult legte, mir die Hose strammzog und mich windelweich prügelte. Als nahezu Zwölfjähriger fand ich die Prozedur ungeheuer erniedrigend, vor einer feixenden Klasse mit strammgezogener Hose über ein Pult gezogen mit einem Stock verdroschen zu werden. Ich wollte doch nie mehr wieder der Prügelknabe sein. Das Ganze hat Narben auf meiner Seele hinterlassen. Als Nächstes wurde ich zum Direktor zitiert, der mich verbal traktierte und dann in die Klasse zurück in die letzte Bank schickte. Für den nächsten Tag wurde mein Vater in die Schule einbestellt. Er kam während des Unterrichts direkt in die Klasse, die leimverschmierte blaue Schreinerschürze noch um, und hörte, ohne zu unterbrechen, den Anschuldigungen der Lehrerin zu. Anschließend fragte er mich, wie es gewesen sei, fragte noch einige Kinder, die in meiner Nachbarschaft saßen und sagte zu meinem großen Erstaunen, dass mein Tritt ans Schienbein nicht zu rechtfertigen sei, sie aber seinen Sohn zu Unrecht habe verprügeln lassen und in Zukunft mehr Sorgfältigkeit an den Tag legen solle, bevor sie jemanden züchtigen lasse.

Dieses Ereignis zog noch einige Wochen eine hässliche Spur nach sich. Es gab in unserer Klasse ein Punktesystem, das den Ehrgeiz der Schüler anstacheln sollte. Für eine gute Leistung gab es Pluspunkte in Form eines Papperechtecks von circa zwei mal zwei Zentimeter mit einem Stempel versehen und Minuspunkte für eine schlechte Leistung oder schlechtes Benehmen, die nur in einem Heftchen der Lehrerin vermerkt wurden. An jedem Ende des Monats wurden die Plus- und Minuspunkte gegeneinander aufgerechnet und ein Klassenspiegel mit Klassenbestem und -letztem kundgetan. Der Beintritt brachte mir hundert Minuspunkte ein, was dazu führte, dass ich in dem Monat Klassenletzter war. Den Klassenspiegel hatte jeder Schüler, von den Eltern unterschrieben, der Lehrerin wieder vorzulegen. Ich habe den Klassenspiegel diesen Monat nicht zu Hause vorgelegt, und da ich jedes Mal, wenn die Lehrerin vergebens danach fragte, abermals zwanzig Minuspunkte erhielt, war ich trotz guter Leistungen immer Klassenletzter. Aber ich beschloss, die Sache auszusitzen, ähnlich wie Politiker ihre Korruptionsaffären.

Letztendlich verhalf ein nicht schließendes Wohnzimmerfenster, die unselige Sache zu beenden. Meine Lehrerin bewohnte mit ihrem Gatten die in der Schule vorhandene Lehrerwohnung. Die Fenster waren nicht mehr dicht zu verschließen, und da mein Vater Fachmann war, konnte er das Übel beheben, ich durfte wieder in die erste Reihe und die Wogen glätteten sich.

13. Kapitel

Die Zeit verflog, wir gewöhnten uns an unser neues Haus und nach und nach wurden die Zeiten auch besser. Es gab mehr zu kaufen, die Auslagen der Geschäfte wurden anspruchsvoller. Wir jedoch hatten an unserem Haus zu tilgen und noch so manche Anschaffung stand bevor. Doch Vater bot sich eine Gelegenheit, unser Einkommen um ein Beträchtliches zu steigern. Sein neuer Arbeitsplatz war eine staatliche Wohnungsgesellschaft, in deren Auftrag er die anfallenden Schreinerarbeiten versah und gewissermaßen Hausmeisterdienste leistete. In unmittelbarer Nähe seines Arbeitsplatzes wurden die meisten Häuser mit einer Koksheizung beheizt, welche frühmorgens und abends entschlackt und mit Koks beschickt werden musste. An Werktagen, Sonn- und Feiertagen vom ersten Oktober bis Anfang Mai.

Da mein Vater bekanntlich ein fleißiger Mann war, nahm er die Gelegenheit wahr und bediente zwölf Heizungen auf diese Weise morgens vor Arbeitsbeginn und abends nach Feierabend. Die meisten der Heizkessel waren ziemlich groß und verschluckten bei jedem Nachlegen bis zu zwei Schubkarren Koks. Zudem legte er anfänglich die Strecke zu seinem neuen Arbeitsplatz, die circa elf Kilometer betrug, mit dem Fahrrad zurück. Es war ein gewaltiges Arbeitspensum, das dazu führte, dass wir ihn in der Winterzeit kaum zu Gesicht bekamen. Im Dunkeln fuhr er los, und sehr spät am Abend kam er zurück. Seine Stimmung war oft gereizt, und wenn meine Mutter über ihre Söhne klagte, die nunmehr in den Flegeljahren waren, rutschte ihm oft entnervt die Hand aus.

Meinen Bruder erwischte es mehr als mich. Entweder trieb er es wilder, oder er war oft am falschen Platz. Trotzdem hat es mich auch einmal erwischt. Spätabends stand ich vor unserer Haustüre, mit einem Stück Wellpappe, die ich mittels eines Streichholzes zum Brennen bringen wollte, aber die Pappe war schwer entflammbar. So schwenkte ich die glimmende Pappe hin und her, und bei jeder Schwenkbewegung flog ein Funkenschweif hinterher.

Ich war sehr vertieft in meinen Bemühungen die Pappe zum Brennen zu bringen und bemerkte nicht das Nahen meines Vaters, der aus dem Dunklen kam. Wie ein Blitz aus heiterem Himmel traf mich seine Ohrfeige. Im gleichen Augenblick entleerte sich vor Schreck mein Darm. Vater dachte, er hätte mich beim Rauchen erwischt und drosch immer weiter auf mich ein. Ich lag längst auf dem Boden, und der Inhalt meiner Hose verteilte sich bei jeder Bewegung gleichmäßig in alle Richtungen. Er hörte erst auf, als ich ihn anschrie, ich hätte in die Hose gemacht, und er solle jetzt endgültig aufhören. Die Schläge hatten mir nicht wehgetan, aber zu meiner Mutter zu gehen mit meiner Bescherung war schlimmer.

Mein Vater hat die Arbeit als Heizer lange Jahre verrichtet, und später, als wir etwas älter waren, haben mein Bruder und ich ihn an Sonn- und Feiertagen entlastet. Sonntags sind wir mit dem Bus gefahren, und irgendwann kaufte Vater ein Velo Solex, ein Fahrrad mit einem Hilfsmotor auf dem Vorderrad, das auf ebener Stecke das Treten in die Pedale erübrigte, lediglich bergan musste mitgeholfen werden.

Das Heizen selbst barg auch einige Tücken. Kam man an sehr kalten Wintertagen zum Heizkeller, war der Brennstoff meist bis zum Minimum niedergebrannt, und es war unerlässlich, um auf Betriebstemperatur zu kommen, die untere Feuerungstür weit offen zu lassen, durch den vermehrten Luftstrom den Heizkessel schnell auf Temperatur zu bringen und nach dem Brennstoffauffüllen die Feuerungstür wieder zu schließen. Ansonsten würde das Kesselwasser schnell mehr als neunzig Grad Celsius erreichen und zum Kochen kommen, ein Überdruck in der Heizanlage würde ohne Zweifel dem Kessel schaden.

Einige Male war ich auf dem Heimweg schon kurz vor dem Ziel, dann kam die Ungewissheit wie ein Damoklesschwert: Hast du die Feuerungstür in Hausnummer 147 verschlossen oder nicht? Es half nichts, ich fand keine Ruhe. Ich drehte um, fuhr die ganzen zehn Kilometer zurück, und was soll ich Ihnen sagen, die Kesseltür war zu. Erschwerend kam noch hinzu, dass die Heizperiode ja immer im Winter war und somit die Witterung dementsprechend ungemütlich. Trotz größter Aufmerksamkeit bin ich im Laufe der Jahre noch einige Male zurückgefahren, um mir Gewissheit über die verschlossenen Feuerungstüren zu verschaffen, und stets waren sie ordnungsgemäß verschlossen.

Die zu beheizenden Gebäude waren zumeist riesige öffentliche Anwesen, die stets staatliche Ämter beherbergten.

Wochentags, zwischen acht und siebzehn Uhr, herrschte dort immer reger Publikumsverkehr. Aber frühmorgens oder am späteren Abend, wenn geheizt werden musste, waren die Gebäude menschenleer, und da sie oft hinter hohen Einfriedungen auf einem parkähnlichen Gelände gelegen waren, beschlich mich immer ein ungutes Gefühl, wenn ich durch einen dürftig beleuchteten, endlos langen, verwinkelten Kellergang zum Heizraum musste. Unmittelbar neben dem Heizraum lag zweckmäßigerweise der riesige Koksvorratskeller, nur mit einer 25-Watt-Birne beleuchtet, die nicht selten ihren Geist aufgeben hatte. Kurzum, etwas unheimlich war es immer.

Eines Abends, ich werde es sicher nie vergessen, hörte ich, als ich die Tür zum Heizraum öffnete, vom Kokskeller her laute Geräusche, als trample jemand heftig im Koks umher. Mein erster Impuls war, wegzulaufen. Doch dann überwand ich meine Angst, schaltete das Licht ein und sah, wie eine Person versuchte, den Koks zu erklimmen, um das obenliegende Fenster zu erreichen. Doch der Brennstoff rutschte immer nach unten weg und die Person landete wieder auf dem Boden. Nach mehreren ergebnislosen Versuchen drehte er sich um, und wir sahen uns an. Es war ein Mann mit abgetragener Kleidung, sein Alter war schwer zu schätzen, da ein graubrauner Vollbart sein Gesicht fast gänzlich bedeckte. Aber nach einigen Augenblicken Musterung schätzten wir uns als harmlos ein, und er erklärte mir, dass ich nichts zu befürchten hätte, denn er hätte sich nur die Wärme des Heizungskellers als Nachtlager ausgesucht. Ich sagte ihm, dass ich der Heizer wäre und er von mir aus bleiben könne. Nachdem ich meine Arbeit verrichtet hatte, kamen wir zum Erzählen. Ich konnte meine Neugierde nicht verbergen und wollte wissen, wie das Schicksal ihn zum Obdachlosen gemacht hätte.

So erzählte er mir, dass an allem nur der verdammte Weltkrieg schuld sei. Er war just verheiratet und musste für Volk, Vaterland und diesen irren Braunen mit dem schwarzen Schnurrbart zuerst in Frankreich und dann in Russland kämpfen und Dinge tun, die er absolut nicht wollte. Seinen kleinen Heimatort und seine Familie bekam er anfänglich, als die Deutsche Wehrmacht noch siegreich war, gelegentlich beim Heimaturlaub zu sehen. Später, im Russlandfeldzug, war es vorbei mit dem Fronturlaub, und später ging es als Kriegsgefangener ab in russische Straflager. Erst dank Adenauers Verhandlungsgeschick ist er dann nach langen, entbehrungsreichen Jahren zurück in die Heimat gekommen. Dort angekommen musste er feststellen, dass in seinem Haus jemand anderes mit seiner Frau wohnte. Ihn hatte man unter „vermisst" abgeschrieben und nicht mehr zurückerwartet. Das hatte ihm nach den langen, schrecklichen Jahren den Rest gegeben und ihn aus der Bahn geworfen. Jegliches Vertrauen zur Menschheit sei verschwunden, und er wolle nichts mehr mit ihr zu tun haben.

Am nächsten Morgen hatte ich etwas zu essen und ein paar Zigaretten dabei, aber mein Besucher war verschwunden, und ich habe ihn nie wieder gesehen.

14. Kapitel

So wie wir unser neues Haus bewohnten, bezogen nach und nach auch die übrigen Nachbarn ihre Häuser. Unsere Straße füllte sich mit alltäglichem Leben. Männer gingen morgens zur Arbeit und kamen abends zurück, Kinder waren auf dem Weg zur Schule, und Frauen gingen ins Dorf, um Einkäufe zu erledigen. Man schloss Freundschaften, die Erwachsenen wie auch die Kinder, und pflegte gemeinsame Interessen.

So war im Jahre 1954 die Weltmeisterschaft im Fußball eine große Sache für jedermann. Nur war es so, dass in unserer Straße lediglich ein Fernseher zur Verfügung stand. Er gehörte unserem Nachbarn, der Direktor der hiesigen Mädchenschule war. Er wurde von seiner Nachbarschaft, die sich zum größten Teil aus Bergleuten, Hüttenarbeitern und Handwerkern zusammensetzte, als etwas Besseres angesehen, was ihn aber nicht abhielt, für das Halbfinale, in dem Deutschland 6:1 gegen Österreich gewonnen hatte, und für das Endspiel gegen Ungarn sein Wohnzimmer auszuräumen, um für ungefähr dreißig Nachbarn Platz zu schaffen.

Jene verfolgten mit äußerster Spannung und einigen Kästen Bier das Endspiel. Die Stimmung war auf Null, als Deutschland zwei Tore zurücklag. Hoffnung tauchte auf, als Morlock zum 2:1 traf und als Fritz Walter einen Eckball zu Rahn schickte und der zum 2:2 ausglich, waren alle Nerven zum Zerreißen gespannt. Und dann der Augenblick, ich höre den Reporter noch, als wäre es gestern gewesen: „Rahn müsste schießen, Rahn schießt, Toor, Toor, Deutschland führt 3:2." Das Spiel war bald darauf zu Ende. Der Torwart hatte noch eine brenzlige Situation zu meistern, und dann kam der ersehnte Schlusspfiff, somit war Deutschland Weltmeister. Für Deutschland war es ein wichtiges Ereignis, konnte man doch wieder stolz sein, ein Deutscher zu sein. Nach dem verlorenen Krieg und all den Gräueltaten hatten die meisten nicht mehr allzu viel im Sinn mit Stolz und Vaterland. Nun aber war Deutschland wieder positiv in aller Munde.

In den sechziger Jahren konnten auch wir uns einen Fernseher leisten. Das Radio trat immer mehr in den Hintergrund. Hatte man sonst am Abend „In the moon" von Glenn Miller gelauscht oder war von einem der Hörspiele, die oft das Programm bereicherten, in den Bann gezogen, weil mit Türenknarren und Todesschreien die Story ziemlich echt herüberkam, glotzte man von nun an das Fernsehprogramm, das von achtzehn bis zweiundzwanzig Uhr ausgestrahlt wurde.

Im Allgemeinen ging es der Bevölkerung besser. An der Saar betrug 1945 die tägliche Kalorienzahl zwischen neunhundert und tausendfünfhundert. Hungerkatastrophen konnten nur gemindert werden durch Schwarzmarkt, Eigenanbau und Spenden aus dem Ausland. Wobei es der bäuerlichen Bevölkerung besser ging als denen in der Stadt. Auch kinderreiche und ausgebombte Familien hatten es sehr schwer. Aber nun ging es sichtbar aufwärts. Alle Lebensmittel waren zwischenzeitlich erhältlich. Der Saarländer grillte am Wochenende wieder Hähnchen und Fleischwurst. Was auch als Fresswelle bezeichnet wurde. Danach folgte in den Sechzigern die Möbelwelle. Nierentische, Stehlampen mit drei bunten Leuchten, Glasvitrinen und Fernseher wurden gekauft. Wer jetzt eine Bildungswelle erwartet hatte, wurde enttäuscht, denn es folgte die Kleiderwelle, die jedem Modebewussten vorschrieb, welches Modell er zu tragen hatte. Das Ganze bescherte uns dann das Wirtschaftswunder.

Auch kulturell kam wieder Leben in die Dorfgemeinschaft. Fußballverein, Gesangverein, Turnverein und Feuerwehr waren wieder zum Leben erweckt worden und gaben Gelegenheit zur Freizeitgestaltung. Mein Vater war schon vor dem Krieg lange Jahre Mitglied im Männergesangverein. Ein mitgliedsstarker Verein, der sich jeden Freitag zur Probe im Vereinshaus zusammenfand und zu allen Ereignissen und Festen sein Können zum Besten gab.

Stolz eines jeden Vater war es, wenn, um den Fortbestand des Vereins zu sichern, einer seiner Sprösslinge Mitglied im Gesangverein wurde. Mein Bruder hatte größere Hartnäckigkeit bewiesen und es kategorisch abgelehnt, dort beizutreten. An mir blieb es hängen, die Familienehre zu retten. Eines Abends war es soweit. Gemeinsam mit Vater und einem Nachbarn, der Hubertus hieß, aber immer nur Hubbert gerufen wurde, ging es zur Chorprobe ins Vereinshaus. Ich hatte mir vorgestellt, ich könne mich still zwischen die sechzig Sänger setzen, ein wenig im Takt den Mund bewegen und würde dann in Ruhe gelassen. Weit gefehlt, zuerst wurde ich vom Dirigenten begrüßt. Danach zitierte er mich ans Klavier, sah mich fragend an und ermunterte mich zum Vorsingen. Meine zukünftigen Sangesbrüder bildeten einen Kreis und waren voller Erwartung eines Kunstgenusses. Ich war in keinster Weise auf ein Vorsingen vorbereitet. Nach langem Hin und Her und wiederholtem Zuspruch durch den Dirigenten gab ich dann „Frère Jacques", was wir gerade in der Schule als Kanon einstudiert hatten, zum Besten.

Der Dirigent wollte es schonend ausdrücken. Ich hätte als Zwölfjähriger ja noch meine Knabenstimme, da der Stimmbruch noch nicht abgeschlossen sei, und es würde schon noch werden. Man setzte mich zwischen die Tenöre und ließ mich in Ruhe. So war ich denn jeden Freitagabend mit Vater und Hubbert unterwegs zur Chorprobe, die pünktlich um zwanzig Uhr begann. Wir waren bereits eine halbe Stunde vorher da, um noch vor der Probe die Gelegenheit zu nutzen, die Stimme zu ölen. Die Erwachsenen mit Bier, ich mit Limonade. Um einundzwanzig Uhr war Pause, so war Zeit, die Stimmbänder zu befeuchten. Ende der Probe war um zweiundzwanzig Uhr. Danach setzte man sich gemütlich zueinander, um Geselligkeit zu pflegen und etwas zu trinken. Manche spielten Skat. Dazu gehörten mein Vater und Hubbert. Andere saßen nur zusammen und sangen oder tranken noch ein Schlückchen. Meist nach Mitternacht löste sich die Gesellschaft auf, und man ging vergnügt nach Hause.

Auf dem Nachhauseweg kamen wir stets an dem Anwesen einer älteren Dame vorüber, die von Schlaflosigkeit ebenso geplagt wurde wie von Neugierde. Beschwingt durch den Genuss einiger Bierchen war die Unterhaltung der beiden

Spätheimkehrer recht ungezwungen und von einer beachtlichen Lautstärke. Egal wie spät es auch war, man konnte die ältere Dame hinter dem Vorhang erkennen, wie sie neugierig den späten Zechern auf der Straße nachspähte. Da Hubbert eine Seele von Mensch war, beschloss er, Berta, so hieß die ältere Dame, das unnötige Aufstehen des Freitagnachts zu ersparen. Nach der nächsten Chorprobe, auf dem Nachhauseweg, fing er ungefähr fünfzig Meter vor Bertas Fenster an zu brüllen: „Berta, du kannst liegen bleiben, wir sind es, Hubbert und seine Sangesbrüder, wir kommen von der Probe, und es ist halb zwei." Anscheinend hatte es gefruchtet, Berta ist nie mehr am Fenster gesehen worden.

Um einen ebenbürtigen dritten Mann beim Skatspiel nach der Chorprobe abzugeben, war es Vaters Meinung nach unumgänglich, dass ich in kürzester Zeit das Skatspielen zu erlernen hatte. Machte es anfänglich auch Freude, so wurde die Atmosphäre kühler, wenn ich grobe Fehler machte. Vaters geringer Vorrat an Geduld war meistens bald erschöpft, und er fing an, mit familieneigenen Schimpfworten sein Missfallen kundzutun. Mit der Zeit habe ich das Skatspiel so leidlich beherrscht, weiß aber immer noch nicht, was in aller Welt ein „Dollbohrer" ist.

Von sehr langer Dauer war meine Mitgliedschaft im Gesangverein nicht. Wie kann man einen Jugendlichen mit „Ännchen von Tarau" oder „Wer hat dich du schöner Wald aufgebaut" halten, wenn an anderer Stelle schon Rock and Roll geboten wird? Aber ich habe den Gesangverein immer in guter Erinnerung behalten und pflege auch heute noch gelegentlich Kontakt.

15. Kapitel

Ein Berufsberater hatte sich in unserer Schule angesagt. Die Hauptschule war in jener Zeit nach acht Schuljahren beendet, und es wurde Zeit, sich Gedanken um die berufliche Zukunft zu machen. Von unseren dreiundvierzig Schülern hatte einer, der Sohn des örtlichen Arztes, nach der vierten Klasse zum Gymnasium Saarbrücken gewechselt. Drei weitere nahmen die Gelegenheit wahr, mittels Besuch eines Lehrerseminars, die Qualifikation zum Grundschullehrer zu erhalten. Das war in jener Zeit möglich, ohne ein akademisches Studium abzuschließen. Die restlichen Schüler hatten sich zur Hälfte für eine Arbeit als Bergmann entschieden, was den Vorteil brachte, dass sie von Beginn an einen relativ großen Verdienst ihr Eigen nennen konnten. Keiner ahnte in jener Zeit, dass 1962 eine Schlagwetter-Kohlenstaubexplosion zweihundertneunundneunzig Bergleuten das Leben kosten wird. Viele meiner Klassenkameraden waren zu beklagen. Dieses Unglück hatte unsäglich viel Leid über unser Dorf gebracht.

Einige von uns gingen in die Stahlverarbeitung, und da sich in der Nähe eine Strafvollzugsanstalt befand, haben sich fünf Schüler als Strafvollzugsbeamte ausbilden lassen. Was mir damals ungeheuerlich erschien, Menschen einsperren als lebenslanger Beruf? Wenige erlernten ein Handwerk, wie Elektriker, Maler oder Schreiner. Die Bezahlung als Lehrling war katastrophal, aber Handwerk hatte ja bekanntlich goldenen Boden.

Der Berufsberater saß vorne auf dem Lehrerpult, hatte sich die Berufswünsche der Schüler angehört, gelegentlich zustimmend genickt, aber gänzlich versäumt, das zu tun, was er eigentlich sollte, nämlich Berufsberatung. Als er mich befragte, antwortete ich ihm, Zeichnen sei mein Hobby und ich wolle es zu meinem Beruf machen. Damit konnte er offenbar nichts anfangen, er wisse da nichts Konkretes, vielleicht solle ich es mal als Schaufenstergestalter und Plakatmaler versuchen. Die Stunde war nun eh vorbei, er verabschiedete sich freundlich, wünschte uns viel Glück und war sicher stolz auf seine vollbrachte Leistung.

Schornsteinfeger solle ich werden, eröffnete mir mein Vater. Die müssen nicht viel arbeiten und verdienen eine Menge Geld. Er müsse es schließlich wissen, denn er war mit der Verwaltung des staatlichen Wohnungsbaus vertraut und kenne alle Schornsteinfeger, sogar den Obermeister. Ich habe mir nicht vorstellen können, rabenschwarz durch die Dörfer zu laufen, anderer Leute Dreck zu beseitigen und als Kinderschreck zu dienen. „Wenn du deinen Teller jetzt nicht leer isst, kommt der schwarze Mann und nimmt dich mit." „Ich möchte doch lieber etwas mit Zeichnen machen", wagte ich einzuwenden, aber in jener Zeit galt das Wort der Eltern noch etwas.

Folglich wurde ein Vorstellungsgespräch mit einem im Nachbardorf wohnenden Schornsteinfegermeister vereinbart. Begleitet von Vater und Mutter machte ich mich auf den Weg. Man hätte auch den Bus nehmen können, da die Entfernung zu unserem Ziel immerhin sieben Kilometer betrug. Aber um mich gleich auf den Ernst des Lebens vorzubereiten, beschloss mein Vater, die Strecke zu Fuß zu bewältigen. Leichte Einwände seitens Mutter und mir wurden mit dem Hinweis, dass eine unserer vielen Verwandten genau auf halber Strecke wohne und ein Besuch dort schon überfällig sei, hinweggewischt.

Es war ein herrlicher Sommertag. In gelöster Stimmung erreichten wir Onkels und Tantes Domizil, welches die Wegstrecke ziemlich genau halbierte. Man freute sich ob des Besuches, Kaffee und Kuchen wurden gereicht und Neuigkeiten ausgetauscht. Die Tante war eine liebenswerte, aber kränkelnde Person. Egal welches Gesprächsthema auch aufgegriffen wurde, nach einer viertel Stunde erzählte sie von irgendeiner Krankheit, die gerade von ihr Besitz ergriffen hatte. Dieses Mal war es ein Abszess am Gesäß, worüber sie in allen Einzelheiten berichtete. Unser Appetit war nun nicht mehr so groß. Wir sahen uns verstohlen an und verwiesen auf unser Vorstellungsgespräch.

Der Rest des Weges verging wie im Fluge, da wir immer noch mit Tantes Abszess beschäftigt waren.

Eine Frau mittleren Alters öffnete uns und bat uns hinein. Sie war die Gattin meines neuen Lehrmeisters und führte uns daher in ein Wohnzimmer, das offensichtlich auch als Büro genutzt wurde. Sie erweckte den Anschein einer liebenswerten und warmherzigen Frau, was sich im Laufe der nächsten Jahre auch bestätigte. An einem Schreibtisch saß mein zukünftiger Meister. Ein bereits älterer Herr mit Brille schaute mich längere Zeit prüfend an. Ich hatte den Eindruck, dass meine physische Beschaffenheit ihn mehr interessierte als meine geistige. Dann erzählte er mir einiges über das Schornsteinfegerhandwerk, und dass ich noch eine Aufnahmeprüfung zu bewältigen hätte. Schornsteinfegen sei auch vorbeugender Brandschutz, und es wäre notwendig für mich, Mitglied der Freiwilligen Feuerwehr zu werden. Wären diese Punkte erfüllt, stünde einem Lehrvertrag nichts mehr im Wege. Guter Dinge machten wir uns auf den Heimweg.

16. Kapitel

Jeden Sonntagmorgen um neun Uhr war Feuerwehr-übung. Ich bin vorstellig geworden, und man hat mich aufgenommen. Mit dreizehn Jahren war ich der jüngste Feuerwehrmann. Ausgerüstet wurde ich mit einem blau-en Overall, einem Helm, Lederstiefeln und einem breiten Gürtel. In den ersten Monaten hatte ich eine Übung immer wieder zu wiederholen, ein für einen imaginären Brandfall nach genauem Schema ausgelegtes Löschsystem. Ange-fangen wurde mit einem A-Saugschlauch, es folgten die Tragkraftspritze, ein B-Schlauch, ein Dreiwegeventil und als Letztes drei C-Schläuche mit Spritzen. Es erforderte keine große Geistesakrobatik, aber üben mussten wir es immer wieder.

Nervend war der Beginn der Wehrübung. Alle Feu-erwehrmänner erschienen im blauen Overall. Nur der Wehrführer trug seine besonders schicke Ausgehuniform und stand anfänglich etwas abseits. Punkt neun Uhr er-schall vom zweiten Wehrführer das Kommando „Antreten", dann folgte „Richt euch". Ungefähr vierzig Erwachsene, zumeist schon Familienväter, standen in drei Reihen und versuchten, der Größe nach eine gerade Linie zu bilden. Es kam der Befehl „Abzählen", und jeder sagte laut und deutlich seine fortlaufende Nummer, und der Letzte rief noch „Ende" dazu. Dann drehte sich der zweite Wehrführer zum ersten Wehrführer, meldete: „Feuerwehr mit vierzig Mann zum Dienst angetreten" und trat ab. Der Wehrführer stellte sich vor uns hin, wippte einige Male auf seinen Zehenspitzen und brüllte: „Rührt euch" und „Guten Morgen Männer". Die Uniform war offensichtlich für unseren Wehrführer etwas ganz Besonderes, konnte man ihn sogar in der Heiligen Messe, dem Hochamt, in seiner Uniform bewundern. Zwar bekleidete er in seinem Berufsleben nur einen untergeordneten Posten, und auch im trauten Heim hatte seine ihm Angetraute mindestens die gleiche Autorität wie er, so war das alles vergessen, wenn er die Uniform anzog. Sein Körper straffte sich, und ein Glanz trat in seine Augen. Jetzt erst konnte die Übung beginnen.

Solange ich Mitglied war, wurde die Unsitte des Kommandierens beibehalten. Ich sprach einen älteren Kollegen darauf an, ob sie nun nach dem Dritten Reich nicht endgültig die Nase vom Kasernenhofdrill voll hatten. Doch er meinte, es sei nur eine Ordnungsübung und nicht so schlimm. Irgendwie muss der Drill dem Deutschen im Blut stecken.

Viele Einsätze gab es nicht. Gelegentlich brannte die Schutthalde am Ortsende, oder ein Wiesenbrand war zu löschen. Spritzen durften nur die Alten. Den Jüngeren oblag es, anschließend die Schläuche wieder zu reinigen, zum Trocknen aufzuhängen und wieder aufzurollen. Aber auch zu Festen und Umzügen waren wir geladen. Dazu hatte jeder Feuerwehrmann eine blaue Ausgehuniform, eine schwarze Stoffhose mit seitlichen roten Litzen, schwarze, auf Hochglanz polierte Halbschuhe und eine Schirmmütze.

Nach fast einem Jahr Zugehörigkeit hatte ich nun auch eine solche Uniform erhalten, und eines schönen Sonntagmorgens sollte es so weit sein. Wir waren in einem Nachbarort zu einem Feuerwehrfest eingeladen, und alle hatten in Ausgehuniform am Gerätehaus zu erscheinen. Mit dem Bus sollte es dann ins benachbarte Dorf zum Umzug und anschließend ins Festzelt gehen. Meine Familie meinte, nicht ohne dass ich etwas Spott heraushören konnte, die Uniform würde mir prächtig stehen, mich irgendwie männlicher erscheinen lassen, insbesondere die Mütze. Ich war guter Dinge und ließ mich nicht irritieren. Da es schon spät war, nahm ich den kürzeren Weg durch Nachbars Garten, vorbei an den Bienen und im Laufschritt. Da es die Nacht zuvor geregnet hatte, war der Gartenpfad schmierig, ich bin ausgeglitten, bäuchlings hingefallen, und da der Pfad bergab führte, noch ein Stück auf dem Bauch weitergerutscht. Lehmverschmiert ging ich nach Hause zurück. Mit Feuerwehrfest war nun nichts mehr. Ich habe die Ausgehuniform auch nie wieder angezogen. Als ich später die Gesellenprüfung abgelegt hatte, habe ich die Mitgliedschaft gekündigt.

17. Kapitel

Berufsbekleidung für Schornsteinfeger wurde von nur zwei Betrieben in Deutschland angeboten. Wenn man seine Konfektionsmaße auf einem Bestellschein zusendete, erhielt man nach vier Wochen einen Schornsteinfegeranzug, der maßgeschneidert und nicht billig war. Wir haben einen geordert, dazu die passenden Schuhe, geeignet für Dacharbeit, und dann begann mein Berufsleben.

Um sieben Uhr morgens war mein Dienstbeginn. Damit ich zehn Minuten vor Dienstbeginn anwesend war, musste ich um drei viertel sechs Uhr von zu Hause weg und mich eines forschen Schrittes befleißigen. Kurz nach sieben Uhr kamen noch zwei weitere Mitarbeiter: ein Geselle und ein Mitarbeiter mit Meisterprüfung. Der Umkleide- und Baderaum war im Keller des Meisters. Ein schlichter drei mal zwei Meter großer Raum, ausgestattet mit einem Holzbadeofen und drei Zinkwannen, an der Wand mehrere Haken für Kleidungsstücke. Hatte der Winter Einzug gehalten, musste ich etwas früher erscheinen, um den Ofen anzuheizen, was die klammen Kleider etwas anwärmte. Mit ein paar Briketts, in nasses Zeitungspapier umwickelt, hielt die Glut bis zum Nachmittag, und wir hatten warmes Wasser zum Baden. Jedoch nicht alle. Wenn die beiden Altgesellen, die natürlich zuerst badeten, fertig waren, hatte ich Glück, wenn das noch zur Verfügung stehende Wasser lauwarm war.

Der Kehrbezirk meines Meisters umfasste elf Dörfer und war zum Teil eine ländliche Gegend. Unsere Fortbewegungsmittel waren uralte Fahrräder, deren Bremsen schon bessere Tage gesehen hatten. Da von einem zum anderen Ende der Kehrbezirk achtzehn Kilometer maß, war es nicht immer das reine Vergnügen, besonders im Winter. Oft haben wir uns dann zuerst bei einem verständnisvollen Bäcker am warmen Backofen aufgewärmt, eine frische Semmel verdrückt und dann mit unserem 9-Stunden-Tag begonnen. Nicht selten kam es vor, dass mein Meister zehn Minuten vor sechzehn Uhr zu mir sagte: „Fahr noch geschwind zu dem Kunden zum Kehren, aber beeile dich, denn du weißt ja, gleich ist Feierabend." Natürlich war das in dem Ort, der am weitesten entfernt lag. Bis ich letztendlich nach dem Baden und dem langen Rückweg wieder zu Hause ankam, war vom Tage nicht mehr viel übrig.

Die Arbeit war reinste Knochenarbeit. Die Häuser wurden zum größten Teil mit Kohleöfen beheizt. Die Schornsteine waren dick mit Ruß behaftet und eine Stunde nach Arbeitsbeginn waren nur noch Augäpfel und Zähne weiß. Zudem war der Speicher der Häuser meist nur mittels einer Leiter durch eine kleine Luke im oberen Flur zu erreichen. Es war selbstredend, dass der Geselle unten blieb und die Leiter fest hielt und ich, der ich der Kleinste war, immer derjenige sein durfte, der klettern musste und die Arbeit zu verrichten hatte.

Ich erinnerte mich zwischendurch immer wieder an Vaters Worte: „Lerne Schornsteinfeger, die verdienen viel und brauchen nichts zu arbeiten." Ich denke, er hatte damals ausschließlich mit dem Obermeister der Zunft Kontakt, und somit blieben ihm die Augen für das Alltägliche im Schornsteinfegerhandwerk verschlossen. Es gab genügend Augenblicke, die mich an der Richtigkeit der Berufswahl zweifeln ließen. Anfänglich hatte ich immer die Begleitung eines Gesellen, doch nach einigen Wochen wurden mir kleinere Straßenabschnitte zugeteilt, die ich alleine bearbeiten durfte. Andere Arbeiten außer Kaminkehren fielen kaum an, da Öl- oder Gasheizungen noch nicht verbreitet waren. Jedes Gebäude im Kehrbezirk wurde sechs Mal im Jahr zum Schornsteinkehren begangen und das war's.

Alleine zu arbeiten war vorteilhafter für mich. Da ich mit vierzehn Jahren noch nicht ausgewachsen war, erweckte ich bei den meisten Kundinnen und Kunden den Beschützerinstinkt, sie waren netter zu mir, verziehen mir leichter etwas und gaben mehr Trinkgeld. Mein Trinkgeld übertraf bei weitem meinen Lohn, der damals achthundertfünfundzwanzig Franken die Woche betrug, was in etwa acht DM waren.

In den ersten Tagen nahm ich von zu Hause immer ein paar belegte Brote als Verpflegung mit, doch das stellte sich gleich als überflüssig heraus. Denn in jedem Dorf gab es einige, zumeist ältere Frauen, die dem Drang, mich zu füttern nicht widerstehen konnten. Ich brauchte mir um mein tägliches Mittagessen keine Sorgen mehr zu machen. Gelegentlich konnte ich sogar wählen, gehe ich hier- oder dorthin, wer kocht besser? Da wir jeden Kunden im Jahr sechs Mal zur Schornsteinreinigung besuchten, wurden sie bekannt und vertraut. Eine meist freundliche Beziehung entstand, und da mir der Umgang mit Menschen Freude machte, fühlte ich mich ganz wohl bei meiner Arbeit. Nicht selten platzte man in eine Geburtstagsfeier oder Hochzeit und wurde als Glücksbringer natürlich genötigt, zu verweilen und eine Kleinigkeit zu essen oder zu trinken.

Ganz ohne Malheur ging unsere Arbeit natürlich nicht immer vonstatten. Montags war in den meisten Haushalten Wäschefest, und da viele noch nicht über eine elektrische Waschmaschine verfügten, wurde die Wäsche in der Waschküche in einem Kessel zuerst gekocht, dann gestampft und letztlich durch eine Mangel gedreht und zum Schluss zum Trocknen aufgehängt. Wurde am selben Morgen der Schornstein gereinigt und am Ofenrohr waren Undichtigkeiten, so war die ganze Arbeit der Hausfrau umsonst, weil feiner, umherfliegender Ruß die frischgewaschene Wäsche in einen beklagenswerten Zustand versetzte.

Auch am Samstag und um die Mittagszeit waren wir meist nicht willkommen, da die Küchenherde zum großen Teil mit Kohle beheizt wurden und so manches Mittagsmahl nicht mehr zu erkennen war. Es wurde kräftig geschimpft, dass es drei Häuser weiter noch zu hören war und die Nachbarn, teils aus Neugierde oder Schadenfreude, auf der Straße standen, um zu sehen, wie sich die Angelegenheit entwickelte. Doch schien man damals bessere Nerven zu haben, der Ärger war bis zur nächsten Reinigung meistens verflogen.

Für die kleinen Kinder waren wir immer eine willkommene Abwechslung. Ohne zu ermüden, liefen sie uns von

Haus zu Haus nach und beglückten uns mit gesungenen Reimen wie:

„Schornsteinfeger, schwarzer Neger,
krawwelt iwwer die Mauer,
Äpfelklauer."

Drehten wir uns um und machten Anstalten, sie zu ergreifen, flohen sie schreiend in alle Richtungen.

Manche Eltern oder Großeltern machten sich unser schwarzes Aussehen zunutze. Denn gab es wieder einmal den ungeliebten Spinat zu Mittag, so hatte ich grimmig zur Küche hineinzuschauen, um die Kleinen mit Nachdruck zu ermuntern, den Teller leer zu essen. Den Spruch „Wenn du nicht brav bist, kommt der schwarze Mann und nimmt dich mit" hörte ich täglich mehrere Male.

Dabei waren wir genau gesehen nicht böse, sondern sehr nützlich. Wurde doch mancher Brand durch den Schornsteinfeger verhütet, und so mancher Betreiber einer Feuerstätte war glücklich, wenn nach dem Besuch des Schornsteinfegers seine Feuerstätte wieder störungsfrei funktionierte.

Der Beruf blickt übrigens auf eine lange Tradition zurück, da es Feuerstätten schon zu allen Zeiten gab; anfänglich waren es nur tragbare Feuerschalen zum Heizen und offene Feuerstellen zur Nahrungsbereitung.

In den Dächern der Gebäude war eine Öffnung mit Klappe für den Rauchabzug. Brände waren keine Seltenheit, und da die Häuser dicht zusammen standen und Holz ein günstiger Baustoff war, hatten sie eine verheerende Auswirkung. Ein jeder Hausbesitzer hatte anfänglich für die Reinigung seiner Feuerstätten und Schornsteine selbst zu sorgen. Die erste bekannte Verordnung diesbezüglich gab es um 1068 in England, wo Wilhelm der Erste festlegte, Feuerklappen waren, wenn das Feuer erloschen war und man zu Bett ging, zu schließen. Die Zeit wurde auf neunzehn Uhr festgelegt und ein Glockenläuten kündigte es an. In Deutschland kamen die ersten Verordnungen um 1300 heraus. Sie betrafen die Gestaltung, Reinigung und Instandhaltung von Öfen und Schornsteinen.

Herzog August erließ 1644 eine Taxordnung, in der unter anderem die Arbeiten des Schornsteinfegers und die anfallenden Gebühren festgeschrieben waren. So entwickelte sich das Schornsteinfegerhandwerk. Manche Schornsteinfegerfamilien lassen sich in ihrer Berufstradition über dreihundert Jahre zurückverfolgen. Für Lehrlinge wie mich schien das Schornsteinfegerleben in den früheren Jahrhunderten kein Zuckerschlecken gewesen zu sein. Überhaupt betrachtete man damals verlassene Jungen und Waisenkinder gerade als gut genug, um Schornsteinfeger zu werden. Waren sie zehn Jahre alt, gab man sie in die Lehre, wo sie durchschnittlich acht Jahre lernen mussten und auf Gedeih und Verderb dem Handwerksmeister ausgeliefert waren. Dies wurde auch im Engadin so gehandhabt, wo verarmte Bergbauern ihre Kinder gegen Entgeld nach Norditalien gaben. Dort in den großen Städten in Norditalien führten sie ein hartes und entbehrungsreiches Leben, bis sie zu krank oder zu groß waren, um den Beruf weiterhin ausüben zu können.

Meine Lehrzeit war etwas humaner, obwohl die 48-Stunden-Woche tariflich festgeschrieben und samstags noch bis dreizehn Uhr zu arbeiten war. An den Samstagen hatte mich in der Regel die Meisterin in Beschlag genommen. Der Hausgarten war umzugraben, die Zimmerböden, die aus alten Holzdielen bestanden, mussten mit einem Spänlappen und kräftigen, ausdauernden Fußbewegungen abgespänt und so vom Alltagsschmutz befreit und anschließend eingewachst und gebohnert werden. Einkäufe waren zu erledigen und nicht zuletzt mussten Hof und Rinnstein gekehrt werden. Wohlgemerkt, nur an Samstagen. An den Werktagen hätte es der Meister nicht zugelassen, denn da mussten Schornsteine gereinigt werden. Was auch nicht immer ein Vergnügen war.

Auch erinnere ich mich, des Öfteren ins Fettnäpfchen getreten zu sein. So stand ich eines schönen Frühlingstages vor einer Haustüre, hatte geläutet und wartete, dass man öffnete. Die ersten warmen Sonnenstrahlen erwärmten mein Gesicht. Da niemand öffnete, läutete ich ein weiteres Mal, aber es öffnete niemand. Da ich leichte Kreuzschmerzen verspürte, wollte ich mich mit dem Rücken an der Haustüre anlehnen, jedoch in diesem Augenblick öffnete die Hausfrau die Tür und ich flog rückwärts der Länge nach in den Hausflur. Da lag ich nun zu Füßen der Hausfrau, und es fiel mir nichts Besseres ein, als zu sagen: „Guten Tag, ich komme zum Schornsteinreinigen." Die Hausfrau bewies Würde und erwiderte ohne eine Mine zu verziehen: „Gerne, treten Sie doch näher."

Arbeiteten wir im Wohnort meines Meisters, war es Pflicht, bei ihm das Mittagessen einzunehmen. Das ging, da der Ort ziemlich groß war, meist zwei Wochen lang.

Der Meister hatte natürlich einen Familiennamen, doch ihn oder seine Gattin damit anzureden, wäre ein Verbrechen gewesen. „Meister" oder „Meisterin" war korrekt. Die Meisterin kochte hervorragend. Die Mittagspause betrug eine halbe Stunde. In dieser Zeit hatten die Gesellen und ich auch unsere Teller leer. Aber die Meisterin war auf alle Neuigkeiten im Dorfe erpicht, und mein Altgeselle hatte eine Begabung fürs Erzählen, so zog sich die Mittagspause oft über eine Stunde hin. Unruhig rutschte der Chef auf seinem Stuhl hin und her, sagte des Öfteren lange und gedehnt „Soo, aber jetzt" und machte Anstalten, sich zu erheben. Doch die Chefin blockte ab, da sie noch nicht alles wusste: „Jetzt lass doch die Buben mal", sagte sie, und wir blieben noch ein Weilchen.

18. Kapitel

Neben der praktischen Ausbildung war auch die Berufsschule zu besuchen. Da nach den Kriegsjahren die Infrastruktur noch nicht so ausgebaut war, wie es benötigt wurde, mussten wir Schornsteinfegerlehrlinge vom Saargebiet bis nach Karlsruhe, um eine geeignete Schule zu finden. Übernachtet wurde in der Jugendherberge am Engländerplatz, und die Schule befand sich in der Adlerstraße. Der Weg dorthin war zu Fuß zu bewältigen und stellte kein Problem dar. Es wurde fortschrittlich unterrichtet, und es war eine Freude zu lernen. Die Mahlzeiten wurden in der Jugendherberge eingenommen, und in der Nachmittagszeit hatte man Gelegenheit, die Umgebung zu erkunden. Der einzige Nachteil war die angeordnete Bettruhe. Punkt zweiundzwanzig Uhr musste das Licht gelöscht werden, und es hatte Ruhe zu herrschen. Was nicht immer leicht war, aber der Herbergsvater war unerbittlich.

Der Unterricht war als Blockunterricht gedacht und sollte sich über acht Wochen erstrecken. Gegen Ende dieser acht Wochen begann ich unter entsetzlichen Bauchschmerzen zu leiden. Zuerst habe ich einem abscheulichen Mittagsmahl aus Bratkartoffeln und gebratener Blutwurst mit Zwiebeln die Schuld zugewiesen und bin zum Herbergsvater gegangen, um mein Leid zu klagen. Der gab mir einen Kamillentee und riet mir, nur fleißig die Toilette zu besuchen. Jedoch all das nützte nichts. Die Schmerzen wurden schlimmer. Nunmehr versuchte ich, per Anhalter zum nächsten

Notdienst zu gelangen. Trotz eifrigen Winkens hielt aber nur einer, und als ich mein Leid klagte, sagte er, er kenne keinen Notdienst und ich solle mich an die Polizei wenden. Als ich jetzt auf einer Mauer saß, gleich einem Häufchen Elend, und zunächst nicht weiter wusste, klopfte mir ein dunkelhäutiger junger Mann von etwa zwanzig Jahren auf die Schulter und fragte, was mir fehlen würde. Ich erklärte ihm, ich hätte entsetzliche Bauchschmerzen und musste mich anhalten, um nicht loszuheulen. Er sagte, ich solle einige Minuten warten, er käme gleich wieder. Und so war es auch. Kurz darauf bog er mit einem Motorroller um die Ecke, lud mich auf den Sozius und fuhr mich ins nächste Krankenhaus.

Am gleichen Tage noch entfernte man mir den Blinddarm und versicherte mir, es wäre höchste Zeit gewesen. Die Operation ging glatt über die Bühne, und jeden Tag kam der junge Mann, der mich zum Krankenhaus gefahren hatte, um mir einen Besuch abzustatten. Da ich sonst keine Besucher hatte, war ich froh und genoss es. Er war Inder und studierte in Deutschland. Er brachte stets sein Damebrett mit, und wir spielten Dame. Da er ein genialer Spieler war, gelangte auch ich zu großer Fertigkeit, und es war später schwer, mich in diesem Spiel zu schlagen.

Einige Tage vor meiner Entlassung besuchte mich noch meine Mutter. Ich war sehr erfreut, denn ich hatte nicht gedacht, dass sie die Fahrtkosten und eine Übernachtung auf sich nehmen würde, da mein Aufenthalt in der Klinik voraussichtlich nicht länger als zehn Tage dauern würde. Ein Buch hatte sie auch im Gepäck und Grüße von daheim.

Am darauf folgenden Morgen schaute sie nochmals vorbei und trat dann die Rückreise an. Am zehnten Tage bin ich dann entlassen worden und in meine Jugendherberge zurückgekehrt. Den versäumten Unterricht habe ich dank einiger Mitschüler schnell nachgeholt und die Abschlussprüfung am Ende ganz passabel hinbekommen.

Meinen neugewonnenen Freund, den Inder, habe ich noch einige Male getroffen, aber leider rückte der Zeitpunkt der Abreise immer näher, und letztendlich hieß es Abschied nehmen. Wir haben unsere Adressen ausgetauscht, aber geworden ist daraus leider nichts. Inzwischen ist es dem saarländischen Schornsteinfegerhandwerk auch gelungen, eine Berufsschule für das Handwerk in Saarbrücken ins Leben zu rufen, und so erübrigten sich die Fahrten nach Karlsruhe.

Die weitere Lehrzeit verlief gleichmäßig. Im zweiten Jahr lief ich immer noch zu Fuß zur Arbeit, was den Vorteil hatte, dass ich ausdauernd und fit war, wie kaum jemals danach. Aber das Ende war absehbar. Ab dem sechzehnten Lebensjahr war man befugt, ein Moped zu führen, und ich sparte mein Trinkgeld fleißig, um mir diesen Luxus zu gönnen, der manche Erleichterung und auch Freiheit bringen sollte. Jedoch der Preis für ein Moped war hoch, und mein Trinkgeld hätte ich nach Hochrechnung noch zwei Jahre sparen müssen. Da kam der Zufall zu Hilfe.

Um Arbeiten in anderen Kehrbezirken kennen zu lernen, wurden die Lehrlinge für ein paar Wochen jährlich ausgetauscht. Ich kam aufgrund dieser Maßnahme für drei Wochen zu einem Meister, der ein Stadtzentrum zu bearbeiten hatte. Da es nur wenige Wochen vor dem Weihnachtsfest war, hatte dies nicht meine Zustimmung, ginge mir doch das Trinkgeld, das um die Weihnachts- und Neujahrszeit beträchtlich und meiner Meinung nach nur von Stammkunden zu erwarten war, verloren. Aber ändern konnte ich es nicht.

Meinen Aushilfsmeister bekam ich kaum zu Gesicht, stattdessen aber seinen Sohn, der nahezu alle Geschäfte führte. Ich erzählte ihm von meinen Bedenken behufs des Trinkgeldes, und er tröstete mich, ich würde am Ende ganz sicher nicht schlechter abschneiden als zu Hause. Die Arbeitsweise unterschied sich grundlegend von der in meinem Landkehrbezirk. Der Sohn, der gleichzeitig der Altgeselle war und noch zwei weitere Mitarbeiter zu beaufsichtigen hatte, war eine durstige Seele. Morgens fuhren alle zu einer Gaststätte, die bereits um sieben Uhr öffnete, dann wurde die Arbeit eingeteilt, und jeder ging ans Werk, nur der Altgeselle blieb. Trafen wir zum Mittagessen wieder ein, hatte er schon einen sichtbaren Rausch. Um sechzehn Uhr war Feierabend, und nicht selten musste er im Kofferraum nach Hause gebracht werde und schlief dann im Kohlekeller seinen Rausch aus, bevor er fähig war zu duschen. So ist mir aufgefallen, dass sein allmorgendliches Zittern der Hände erst dann aufhörte, wenn er einige Schnäpse und Bier inkorporiert hatte. Sein Zustand war beklagenswert, aber es wurde ihm nicht geholfen. Später ist er daran zugrunde gegangen. Offenbar war ich der Einzige, dem er leid tat. Aber er war derjenige, der mir am Ende meiner Aushilfszeit den restlichen Fehlbetrag zu meinem neuen Moped beisteuerte.

Gemeinsam mit meinem Vater bin ich dann zum Händler, in dessen Laden ich schon oft vorstellig geworden bin. Eine Vorauswahl hatte ich schon getroffen und wir kauften mein neues Moped. Es war rot, hatte eine schnittige Form, und im Augenblick war es die Erfüllung meiner Träume. Es hatte, wie die meisten Mopeds jener Zeit, einen Motor mit nur zwei PS, und die Höchstgeschwindigkeit lag bei fünfzig Kilometer pro Stunde, aber schneller als zu Fuß war das allemal. Die Zeit zur Arbeit und zurück verkürzte sich beträchtlich, und beim weiblichen Geschlecht meines Alters erregte ich Aufmerksamkeit.

Der darauf folgende Sonntag war geeignet für eine größere Überlandfahrt. Mit gefülltem Tank und bestem Wetter machte ich mich am Vormittag auf die Räder Richtung Hochwald, einer reizvollen Gegend im Norden des Saargebiets.

Gut gelaunt, die Haare vom Wind zerzaust, der Sturzhelm war noch keine Pflicht, zogen die Kilometer unter mir vorbei, und es war die reinste Freude. Nach dreißig Kilometern gab es ein Geräusch, das nicht hätte sein dürfen, und das das Fahrzeug ruckartig zum Stehen brachte. Eine visuelle Untersuchung förderte nichts zu Tage. Kraftstoff war noch genügend im Tank, aber der Motor bewegte sich nicht mehr. Später hatte sich dann herausgestellt, dass ein falsches Benzin-Öl-Gemisch getankt wurde und sich somit der Kolben festgefressen hatte. Es blieb mir nichts anderes übrig, als das Moped die dreißig Kilometer nach Hause zu schieben. Dazu kam der Ärger mit meinem Vater, der mir die Schuld gab und den zu erwartenden Kosten angstvoll entgegensah. Aber die Reparatur wurde von der Werkstatt als Garantie behandelt und außer geringen Kosten für Motorenöl fiel nichts an.

19. Kapitel

Der Tag X näherte sich, an dem alle Saarländer die DM erhalten sollten. Als Schornsteinfeger war die Umstellung ein arger Nervenkrieg. Während der Übergangszeit musste mit zwei Geldbeuteln gearbeitet werden. Über einen längeren Zeitraum zahlte jeder mit seinen letzten Franken, die jetzt aus allen Sparstrümpfen und unter den Matratzen hervorkamen, und wollte natürlich DM zurück. Das Ganze dauerte mehrere Monate, und später hat man festgestellt, dass der Unterschied zwischen den beiden Währungen doch nicht so groß war. Hatte man kein Geld, ging es einem dreckig, egal ob Franken oder DM die gültige Währung waren.

Meine Gesellenprüfung habe ich ohne Schwierigkeiten abgelegt. Erwähnenswert ist noch, dass wir die Letzten der Zunft waren, die noch bei Prüfungen einen Schornstein von innen besteigen mussten. Das waren Schornsteine mit einem Innenmaß von sechzig mal vierzig Zentimeter, ohne Steigeisen und zwanzig Meter hoch. Mit den Knien und Ellenbogen, ein Tuch vor dem Mund, musste man sich nach oben arbeiten und dann beim Hinunterrutschen mit einem Stielbesen über Kopf, den Ruß entfernen. Da zumeist sehr große Koksheizungen an diesen Schornsteinen betrieben wurden, war der Rußanfall beträchtlich, und man spuckte tagelang nur schwarz. Atemschutzmasken gab es damals nicht. Die gibt es zwar heute, aber dafür keinen Ruß mehr.

Als Geselle habe ich den Arbeitgeber gewechselt. Es gelang mir, in meinem Heimatort als Schornsteinfeger Beschäftigung zu bekommen; keine weiten Wege mehr zur Arbeit, und die meisten Kunden waren gut bekannt oder befreundet. Einziger Schatten war das lausige Gehalt. Zu jener Zeit gab es Wochenlohn, jeden Freitagnachmittag bar in einer Lohntüte. In meiner Lohntüte befanden sich netto achtundachtzig DM. Verglichen mit meinen Freunden, die auf der Kohlegrube oder Eisenhütte arbeiteten, war es deutlich weniger. Mein Bruder arbeitete mittlerweile bei einer Weltfirma, die sich mit Elektrotechnik befasste. Er war größtenteils auf Montage in ganz Deutschland oder gar im Ausland und erhielt zusätzlich zu einem respektablen Lohn noch eine erhebliche Auslösung. Über meinen Lohn konnte er nur mitleidig lächeln. Seine Kleidung war vom Modernsten und er konnte getrost ein Mädchen zum Essen einladen, ohne vorher heimlich im Geldbeutel Kassensturz zu machen.

Frust machte sich breit. War es das jetzt? Alle arbeiteten am Wirtschaftswunder, leisteten etwas Greifbares und konnten stolz von ihrer Arbeit erzählen, und was leistete ich? Ruß entfernen, Tag für Tag. Zudem hatte ich das Gefühl, dass es zu Hause zu eng wurde. Mein Sinnen trachtete nach den eigenen vier Wänden, nach Freiheit und Selbständigkeit. Lange entwickelten sich diese Gedanken immer noch im Hintergrund, aber irgendwann kamen sie täglich wieder und wieder in den Vordergrund. Bis ich eines Tages den Koffer packte und ohne jegliche Vorbereitung eines Nachts verschwunden bin.

20. Kapitel

Stuttgart, weiß der Himmel warum, hatte ich mir als meine neue Heimat ausgesucht. Zuerst bin ich bei einem Makler vorstellig geworden, zwecks Anmietung einer kleinen Wohnung. Nachdem ich einen Einblick bekommen hatte, wie hoch die Mietpreise in Stuttgart sind, welche Kaution zu hinterlegen ist und was schließlich der Makler zu bekommen hätte, verabschiedete ich mich frostig und versuchte mittels Zeitungsannonce, mein Ziel zu erreichen. Die erste Nacht habe ich auf einer Parkbank verbracht. Am nächsten Morgen besorgte ich einige Zeitungen, deponierte mein Gepäck in einem Schließfach und machte mich mit der Straßenbahn und zu Fuß auf die Suche.

Ein älteres Ehepaar hätte mir ein möbliertes Einzelzimmer sehr billig überlassen, wenn ich alle anfallenden Arbeiten in Haus und Garten übernommen und alle Botengänge und Einkäufe erledigt hätte. Sicher wäre dann keine Zeit mehr für andere Dinge geblieben, zudem war das Zimmer eher mit einer Mönchsklause zu vergleichen.

Ein Herr in den besten Jahren versuchte mir seine Wohnung mit Nachdruck schmackhaft zu machen, und obwohl es eine recht ansprechbare Wohnung war, habe ich doch abgelehnt, da er den Anschein erweckte, als ob er die Gesellschaft junger Männer der junger Frauen vorzog.

Dann habe ich mich auf meinen Beruf besonnen und besuchte den dortigen Obermeister des Schornsteinfeger-handwerks. Schließlich gab es gelegentlich Arbeitsangebote mit Zimmer und Frühstück. Aber auch hier hatte ich kein Glück, er wüsste nur eine Stelle als Heizer in einem Groß-betrieb, und mit Zimmer sei es in dieser Gegend überhaupt schlecht bestellt. Wenn sich, später vielleicht, irgendetwas ergeben sollte, würde er mir gerne weiterhelfen. Aber im Moment ... Ich habe mich schleunigst verabschiedet, um ihm keine Gelegenheit zu geben, mir noch einige Stullen einzupacken. Nochmals habe ich gründlich die Zeitungs-inserate studiert, auch die kleineren, und wurde fündig. „Verdienstmöglichkeit enorm, wenn Sie ohne Wohnung und Geld sind, wir helfen ihnen weiter." Das war genau auf mich zu geschnitten. Hatte ich doch keine Wohnung, kaum noch Geld und viel verdienen wollte ich auch.

Nach einer weiteren Nacht im Freien habe ich mich am nächsten Morgen in einem Kaufhaus mit einer Krawatte und einem neuen Hemd versehen, im WC versuchte ich mein Äußeres auf Vordermann zu bringen, und bin dann bei dem Herausgeber der verlockenden Zeitungsanzeige vorstellig geworden. Das Büro lag im sechsten Stock eines älteren Gebäudes und bestand aus zwei kleineren Räumen. Im vordersten Raum saß hinter einem älteren Schreibtisch ein kleines kugelrundes Männchen in einem grauen Anzug mit lustigen Äuglein und einer nahezu pastoralen Freund-lichkeit. Er begrüßte mich aufs Herzlichste und versicherte mir, dass ich genau der Geschäftspartner sei, den er noch gesucht habe. Der Job sei mir sicher, und meiner Zukunft könne ich ohne jegliche Angst entgegensehen.

Etwas unsicher fragte ich, was eigentlich mein Beitrag in diesem Arbeitsverhältnis sei. Das war sein Stichwort. Er führte mich bedeutungsschwer in den benachbarten Raum, in dem nichts weiter zu sehen war als ein kleiner Tisch, obenauf ein achtzig Zentimeter langes und vierzig Zentimeter breites elektrisches Gerät. Mit Besitzerstolz legte er liebevoll seine Hand auf das Gerät, gleichsam, als wäre es ein unersetzliches Kunstwerk, und erzählte mir, dass dieses Wunderwerk eine innovative Entwicklung sei, das in den Labors einer berühmten Flugzeugbaufirma seine Vollendung erfahren hat, um nun von mir und meinesgleichen zum Kunden gebracht zu werden. Es war eine Bügelmaschine. Man konnte sie auf- und zuklappen, die Oberseite war kunststoffbeschichtet, mit einem Thermostat versehen und elektrisch aufheizbar. Ernüchtert hörte ich den nun folgenden Erklärungen zu, die nur noch wie von weitem zu mir drangen. Immerhin gab er mir ein Handgeld von dreißig DM und fuhr mich anschließend in eine kleine, einfache, außerhalb Stuttgarts gelegene Pension. Dort bekam ich ein Zimmer. Es wohnten dort noch weitere Mitarbeiter der Firma, altgediente und Neuzugänge wie ich.

Am nächsten Morgen, so wurde vereinbart, träfen die Neuen sich wieder im Büro zur Einarbeitung und sollten dann auf die Menschheit losgelassen werden, um Innovationen zu verkaufen.

Die Neuen waren sechs unterschiedliche Personen, meiner Einschätzung nach mehr oder weniger gestrandete Mitbürger, die nun andächtig einem jungen Akquisiteur lauschten, der uns beibrachte, wie man Waschmaschinen, Bügelmaschinen und Tiefkühltruhen an der Haustüre verkauft.

Das Konzept war durchdacht und begann damit, dass ein Einsatzleiter mit einem VW-Bus die ganze Mannschaft über ein Dorf verteilte, jedem eine Ecke zuwies, in der er am Vormittag von Haus zu Haus zog, bewaffnet mit einer Schreibmappe und der Hausfrau eröffnete, es handle sich um eine Meinungsumfrage über den modernen Haushalt.

Wurde man nicht abgewiesen, befragte man sie, ob sie lieber mit einem leichteren oder schweren Bügeleisen bügle und ihre Waschmaschine von vorne oder oben zu befüllen sei. Auf diese Weise erfuhr man, ob eine Waschmaschine oder ein Bügelautomat im Hause war. Zu jener Zeit waren Waschmaschinen noch nicht in jedem Haushalt, Tiefkühltruhen und Bügelautomaten reiner Luxus und selten anzutreffen. Hatte man nun ermittelt, welches Gerät eventuell zu verkaufen sei und das Vertrauen der Hausfrau gewonnen, war es eine besonders glückliche Fügung, dass einige ausgesuchte Kunden das Glück hatten, eines der wenigen Geräte zu Testzwecken besonders günstig erwerben zu können. Natürlich würde das lieber am Abend gemeinsam mit dem Ehegatten besprochen. Die Firma legte großen Wert auf die Unterschrift beider Ehepartner auf dem Kaufvertrag.

War auch diese Hürde geschafft und hatte man einen Termin für den Abend, gab es schon Aussicht auf Erfolg. Am Abend erschien man nun mit einem gewinnenden Lächeln, einer Verkaufsmappe und einem Diaprojektor, der, psychologisch geschickt eines dieser Geräte vorstellte. Nach dieser Vorstellung war es nur eine Formsache, das Gerät zu besitzen, konnte es doch in bequemen Raten bezahlt werden und kostete nicht mehr als eine Packung Zigaretten am

Tag. Verschwiegen wurde natürlich, dass der Ratenvertrag für eine Waschmaschine über vier Jahre lief, und rechnete man die Kosten zusammen, war es doppelt so teuer wie im Fachhandel. Ratenverträge über Tiefkühltruhen und Bügelautomaten gingen über zwei Jahre und waren letztendlich genauso überteuert. Bei Bügelautomaten konnte der Kunde eine Vorführung im Hause erwarten, und so lag es oft am Geschick des Verkäufers, der ein Hemd oder eine Hose bügelte, ob der Verkauf zustande kam oder nicht.

Für eine verkaufte Waschmaschine gab es vierhundertzwanzig DM Provision, für eine Bügelmaschine einhundertsechzig DM und für eine Tiefkühltruhe einhundertachtzig DM. Freitagabends kam das kleine dicke Männchen in unsere Pension; dort saß er im Nebenzimmer, und die Vertreter, durchschnittlich sechs an der Zahl, wurden nacheinander reingebeten, und es wurde abgerechnet. Eine Waschmaschine und eine Bügelmaschine pro Woche war ein guter Durchschnittsverkauf. Von der Provision wurden Zimmer mit Frühstück, das immer von der Firma vermittelt und bezahlt wurde, in Abzug gebracht und der Rest ausbezahlt. Von Krankenversicherung und Altersversorgung war keine Rede. Da nur Übernachtung und Frühstück bezahlt waren, mussten Mittag- und Abendessen vom eigenen Geld bestritten werden.

Hatte jemand Pech und keinen Umsatz in einer Woche, war nicht nur das kleine dicke Männchen äußerst unfreundlich, auch musste man sich in dieser Woche nur vom Frühstück ernähren. Der Pensionswirt wunderte sich oft, wenn man noch vier Scheiben Brot nachorderte. Unser Übernachtungsquartier war stets von der einfachsten Sorte. Ein Zimmer mit einem Bett, einem Schrank und einem Waschbecken. Hatte man keine gute Woche, blieb oft nichts anderes übrig, als sich ohne Nachtessen in jener Klause zu einem langen und einsamen Abend einzurichten. Der Hunger verhinderte den notwendigen Schlaf, und Besserung war auf kurze Sicht auch nicht zu erwarten. Einige Vertreter, die schon mehrere Jahre verkauften, waren hoch verschuldet, und es gab kaum Möglichkeit, sich von der Firma zu trennen.

Da ich von meiner früheren Tätigkeit als Schornsteinfeger den Umgang mit Menschen gewohnt, noch ziemlich jung war und mich nicht mit einer verbitterten Vertretervisage herumplagen musste, lief mein Geschäft ganz passabel. Ich konnte jede Woche etwas verkaufen und hatte keine Schulden, allerdings war auch kein Geld übrig. Mit der Zeit kam aber die Überzeugung, dass es kein Lebensinhalt sein kann, jemandem etwas zu verkaufen, das er eigentlich jetzt noch nicht haben möchte und im Augenblick auch kein Geld dafür übrig hatte.

Ich entsinne mich an ein Verkaufsgespräch betreffend einer Waschmaschine, in der die Ehefrau den kühlen Kopf behielt und angesichts der langen Ratenzahlung lieber auf die Maschine verzichtete. Der Ehegatte brachte mich zur Tür und vor der Haustüre beschwor ich ihn nochmals, er habe so eine junge, hübsche Frau und wenn er möchte, dass sie weiter so attraktiv bleiben soll, müsse er unbedingt die Waschmaschine kaufen, sonst wäre seine Gattin nach einigen Jahren abgearbeitet und unansehnlich. Er hat dann doch noch unterschrieben. Einige der Verträge sind dann später geplatzt, da Zahlungsunfähigkeit und Offenbarungseid keine Seltenheit waren. Kaufte der Normalbürger doch seine Elektrogeräte im Laden, bezahlte bar und hatte somit bessere Konditionen und Garantie, so waren unsere Kunden meist nicht sehr begütert, und vier Jahre Raten war eine lange Zeit.

Die Provision wurde bei Nichteinhalten des Vertrages durch den Kunden zurückgefordert, auch wenn über siebzig Prozent der Maschine bereits bezahlt waren, was für den jeweiligen Mitarbeiter ein schwerer Schlag war.

Fast ein halbes Jahr erarbeitete ich mir auf diese Weise meinen Lebensunterhalt, bis ich endlich den Entschluss fasste, eine Beschäftigung mit Zukunft auszuüben. Dem Gruppenleiter erzählte ich, dass eine Beschäftigung ohne Krankenversicherung und Altersvorsorge keine Zukunft für mich darstelle und ich am nächsten Freitag nach Erhalt der Provision abreisen würde. Doch hatte ich mir das zu leicht vorgestellt. Das kleine dicke Männchen erschien unangemeldet, schimpfte mich einen undankbaren Rotzlöffel, hatte er mich doch von der Straße aufgelesen und zu dem gemacht, was ich nun war, und nun danke ich ihm das so. Die Provision, die mir zum Wochenende zugestanden hätte, wurde von ihm einbehalten, so dass ich mittellos war und keine Zugfahrkarte nach Saarbrücken bezahlen konnte. Zudem wurde ein anderer Mitarbeiter zu meiner Begleitung abgestellt, um zu verhindern, dass ich mich heimlich aus dem Staub machte. Es ist mir jedoch gelungen, mit zu Hause Telefonverbindung aufzunehmen und postlagernd die Summe für die Heimreise zu erhalten.

21. Kapitel

Zu Hause angekommen wurde ich von Mutter freundlich, von Vater bedeckt und meinem Bruder mit „Zurück vom Trip?" empfangen. Mit Unbehagen musste ich bekennen, dass mein Bemühen mit Misserfolg gekrönt war und ich nunmehr weiter kleine Brötchen backen würde. Mich im Schornsteinfegerhandwerk wieder um Arbeit bemühen, wollte ich aus Trotz zunächst nicht. So übte ich in den nächsten Monaten verschiedene Tätigkeiten aus. Ich arbeitete am elektrischen Ortsnetz, es wurden alte Stromkabel, die von Ständer zu Ständer auf den Dächern mancher Gebäude geführt waren, durch neue ersetzt. Als die ersten beiden Mitarbeiter abstürzten und einer querschnittsgelähmt den Rest seines Lebens an den Rollstuhl gefesselt war, kündigte ich und verdingte mich als Akkordmaurer in einer Maurerkolonne. Die Arbeit war sehr anstrengend, und da ich im Gegensatz dazu nur mit Schornsteinmauern vertraut, wo Zeit und geleistete Quadratmeter eine untergeordnete Rolle spielten, waren hier Schnelligkeit und große Flächen gefragt. Mein Bleiben war auch hier nur auf einige Monate beschränkt.

Am Ende fuhr ich für einen Zulieferer für Bäckereibedarf Mehl und Backbedarf an Bäckereien im Umkreis von etwa hundert Kilometer. All diese Arbeiten waren nicht das, was ich zu meiner Erfüllung gesucht hatte und sicher hätte ich noch weiter geforscht, wäre nicht ein junges Mädchen in mein Leben getreten, das bereits im ersten Augenblick mein Interesse weckte und ich mich ermuntert fühlte, ein Stelldichein zu vereinbaren. Sie war eine Verkäuferin in einer Bäckerei. Ihr gewinnendes Lächeln und die offene, herzliche Art, die sie in ihren Gesprächen an den Tag legte, haben mich sehr beeindruckt. So war ich glücklich, als sie einer Verabredung ohne zu zögern zustimmte.

Am nächsten Samstag wollten wir zusammen speisen, und anschließend sollte das Tanzbein geschwungen werden. Ich versprach, sie gegen zwanzig Uhr an der von ihr angegebenen Straße und Hausnummer abzuholen. Irgendwie muss ich an jenem Tage besonders aufgeregt gewesen sein, denn ich hatte mir die falsche Hausnummer gemerkt. So stand ich vor der Haustüre und wartete und wartete. Nach etwa fünfundvierzig Minuten war meine Geduld erschöpft, und ich ging. Ich fühlte mich auf den Arm genommen und habe mit Zorn, Wehmut und einigen Bierchen versucht, die Angelegenheit zu vergessen.

Nach einer Woche war die Bäckerei, in der meine misslungene Verabredung beschäftigt war, abermals zu beliefern. Mit steinerner Miene brachte ich die georderten Waren in die Backstube, verschwendete keinen Blick an das langbeinige, blonde, so unzuverlässige Wesen, das mich mit fragenden Blicken überschüttete. Nach zwei Säcken Weizenmehl, Typ 405, und einem Karton Hefe war ich wieder verschwunden. Um zu verschwinden, musste ich jedoch durch einen langen Gang, der Bäckerei und Backstube verband. Nun wollte es der Zufall, oder war es die Fügung des Schicksals, dass mich in jenem Gang meine geplatzte Verabredung erwartete, in der Hand einen Pappkarton, dessen

Inhalt ihr sicher im Moment völlig schnuppe war, und mich mit den Worten: „Ja, was ist denn nun?" empfing. Sie wollte sicher etwas anderes, Wirkungsvolleres sagen, denn sie fühlte sich damals, als ich an der falschen Hausnummer meine Aufwartung machte, auch versetzt. Aber etwas anderes als das etwas heißer klingende „Ja, was ist denn nun?" ging einfach nicht. Nun erfolgten Erklärungen, Beseitigung von Missverständnissen und Entschuldigung, und die Welt war wieder im Lot. Eine neue Verabredung wurde getroffen, und diese war ein voller Erfolg.

Es wurde zur schönen Gewohnheit, sich nach der Arbeit oder an den Wochenenden zu treffen. Es war nicht so, dass ich vorher noch keine Verabredung getroffen hatte, aber es waren alles kurzlebige Bekanntschaften, die das Prädikat „tief gehende Beziehung" nicht verdienten oder nach genauerem Betrachten nicht in mir den Wunsch erweckten, auf Dauer Bestand zu haben. Mit ihr war es ganz anders. Etwas Selbstverständliches und Geborgenes lag in unserem Zusammensein, und nach einigen Monaten gemeinsamer Aktivitäten hat sich dieses Gefühl noch verstärkt.

So kam es schließlich, wie es kommen musste, man wurde den Eltern vorgestellt, die Verwandten schauten uns mit intensiverem Interesse an und fragten: „Was arbeitet er denn und was verdient er?" Irgendwie lief alles auf eine gemeinsame Zukunft hin. Im Inneren hatte ich auch keine Abneigung gegen einen eigenen Hausstand mit Frau und Kindern. Ich fand, das richtige Alter dafür hätte ich, und zu Hause wäre man sicher froh, wenn ich unter der Haube wäre.

Aber mit meinem Beruf war ich nicht zufrieden. Als Zulieferer für Bäckereibedarf waren meine finanziellen Möglichkeiten arg begrenzt, und eine Ehe ohne ein sicheres Einkommen ist die Hölle und auf längere Sicht zum Scheitern verdammt. Nicht, dass ich einen besonderen Hang zu Geld und Reichtum hatte, aber finanzielle Sicherheit erschien mir doch ein wichtiges Gebot. So überlegte ich in manch schlafloser Nacht, was zu tun sei, was ich letztendlich kann und was ich langfristig zum Wohlstand meiner neu zu gründenden Familie beisteuern könnte.

Ich beschloss, in meinen erlernten Beruf zurückzukehren, die Meisterprüfung abzulegen und mein täglich Brot zukünftig als Schornsteinfegermeister zu verdienen. Eine Meisterschule in Kaiserslautern bot einen Ganztageskurs über acht Monate an. Ich hatte mich zu diesem Weg entschlossen, da die Alternative aus einem Kurs bestand, der nur an Wochenenden im Saarland stattfand und sich über zwei Jahre erstreckte. Mir war diese Zeit zu lange. Anfänglich fuhr ich täglich die siebzig Kilometer nach Kaiserslautern, aber schon nach kurzer Zeit habe ich mich um ein Zimmer in der Nähe der Schule bemüht, das ich mit vier weiteren Berufsgenossen teilte. Es war preisgünstig, und man konnte am Abend gemeinsam die Ausarbeitungen bewältigen. So war es keine große Hürde, mit Fleiß und Ausdauer nach Beendigung der Schulzeit die Meisterprüfung mit Erfolg abzulegen.

Nun stand unserer Vermählung nichts mehr im Wege. Das Aufgebot wurde bestellt, eine Gästeliste musste erstellt und mehrere Male gekürzt werden, ohne die Parität der

Familien zu beeinträchtigen. Auch zum Brautunterricht wurden wir ins Pfarrhaus geladen. Dort wurden wir mit der üblichen christlichen Freundlichkeit begrüßt, die jedoch abkühlte, als klar wurde, dass wir unterschiedlicher Konfessionen waren. Da wir aber allerdings das richtige Alter zur Eheschließung hatten und die Braut zudem offensichtlich nicht schwanger war, konnten am Ende doch alle zufrieden gestimmt werden.

Die Hochzeitsfeier fand im Rahmen der Familie statt. Der Höhepunkt des Abends war ohne Frage die Braut, ein strahlender Glanz lag in ihren Augen, und das wunderschöne Brautkleid schien nur sie tragen zu können. Am Ende des harmonischen Tages wurden die Geschenke ausgepackt, die Dinge, die wir doppelt oder dreifach hatten, wie Kaffeemühlen oder Postamente, ausgesondert und zum Weiterverschenken freigegeben. Danach ging es in die eigene Wohnung. Sie lag über der Bäckerei, in der meine nun Ehefrau arbeitete und war besonders kostengünstig, worüber ich anfänglich sehr angetan war. Am nächsten Morgen erfuhr ich auch den Grund. Um drei Uhr in der Früh pflegte der Bäckermeister seine Teigrührmaschine einzuschalten. Mit einem ohrenbetäubenden Krach verrichtete sie zwei Stunden lang ihre Arbeit.

In der Folge waren noch andere Geräte zu unterscheiden, die, je nach Größe mit unterschiedlicher Lautstärke und Frequenz, ihre Arbeit taten, aber letztendlich keine echte Nachtruhe erlaubten. Der angenehm leckere Geruch nach frischem Backwerk, der stetig wahrzunehmen war, hatte dadurch nach einiger Zeit seinen Reiz verloren. Zudem wurde der Backofen mit Briketts beheizt, das hatte zur Folge, dass wir im Winter kaum Zusatzheizung benötigten und im Sommer bei fünfunddreißig Grad Wohnungstemperatur nur in der Badehose umherliefen. Aber wenn ich nun zurückdenke, hat uns das alles als frisch Vermählte kaum gestört.

Fest stand aber, dass nun Kinder- und Jugendzeit vorüber waren. Wir hatten eine Familie gegründet und einen eigenen, wenn auch spärlichen Hausstand.

Immer wieder hört man die Frage nach dem Sinn des Lebens. Ohne Zweifel ist es die Erhaltung der Art. In der Natur halten Fauna und Flora es uns sehr deutlich vor Augen. Die ganze Kraft, viel Einfallsreichtum und List werden im Tierreich und der Pflanzenwelt eingesetzt, um letztendlich dieses Ziel zu erreichen. Auch wir hatten diesbezüglich Pläne und genaue Vorstellungen.

Zwei Kinder; ein Junge und ein Mädchen sollten es sein und im Alter vier Jahre auseinander. Da wir beide unsere Kindheit noch nicht allzu lange hinter uns gebracht hatten und neben schönen, auch weniger gute Erlebnisse in unserer Erinnerung beheimatet waren, beschlossen wir, der Erziehung unserer Kinder besondere Aufmerksamkeit zu schenken. Denn ein Kinderdasein ist nicht immer reines Zuckerschlecken. Alleine von der Befruchtung der Eizelle bis zur Geburt muss der Kleine sein Gewicht von 0,000004 Gramm auf durchschnittlich 3.200 Gramm, um das 800-Millionenfache, vervielfachen. Da erscheinen die eigenen Gewichtsprobleme im späteren Leben in einem ganz anderen Licht.

Seine Eltern kann das Kind sich nicht selbst aussuchen. Es kann nur hoffen, an ein Elternpaar zu geraten, das viel Liebe und Verständnis aufzubringen weiß und mit den nötigen Streicheleinheiten und Zuwendungen nicht geizt; ein Paar, das seine Kinder nicht belügt oder sich gar lustig über sie macht. Das beherzigt, dass fröhliche Eltern auch fröhliche Kinder bedeuten. Das beherzigt, dass Strafen keine pädagogische Wirkung haben, sondern sich eher negativ auswirken. Man sollte das Leben so vorleben, dass Kinder sich daran orientieren können. Es wird sicherlich nicht leicht werden, aber wir werden uns die größte Mühe geben und den Erfolg hoffentlich auch mit eigenen Augen bestaunen können.

Nunmehr werden wir uns mit dem Sinn des Lebens beschäftigen und für gesunden und glücklichen Nachwuchs sorgen. Was dabei herausgekommen ist, wird eine andere Geschichte, über die ich zu einem späteren Zeitpunkt berichten werde.